一颗
红豆
red bean
-04-

· IS YOU GIVE ME ·
· THE BEAUTIFUL BUBBLES ·

是缘分,是巧合
又或是冥冥中的宿命

凌睿，是你赠我美丽泡沫

天蓝 / 著

贵州出版集团
贵州人民出版社

图书在版编目（CIP）数据

凌睿，是你赠我美丽泡沫/天蓝著. -- 贵阳：贵州人民出版社，2017.6（2020.3重印）

ISBN 978-7-221-14164-4

Ⅰ.①凌… Ⅱ.①天… Ⅲ.①长篇小说－中国－当代 Ⅳ.①I247.5

中国版本图书馆CIP数据核字(2017)第120287号

凌睿，是你赠我美丽泡沫

天蓝 著

出版人	苏 桦
出版统筹	陈继光
责任编辑	胡 洋
特约编辑	江小荨
装帧设计	Insect 蔡 璨
封面绘制	EP.cat
出版发行	贵州人民出版社（贵阳市观山湖区会展东路SOHO办公区A座 邮编：550081）
印 刷	三河市华东印刷有限公司
开 本	787×1092毫米 1/32
字 数	250千字
印 张	8.5
版 次	2017年8月第1版
印 次	2017年8月第1次印刷 2020年3月第2次印刷
书 号	ISBN 978-7-221-14164-4
定 价	42.00元

目 录
contents

· 第一章 ·   **001**
我听说，
每个天使在迎接幸福之前，
都要经历一段漫长的等待。

· 第二章 ·   **005**
爱上了谁，
遇见了谁，
又错过了谁。

· 第三章 ·   **029**
总是假装坚强，
却让人更加痛苦，
倒不如流着泪坦白。

· 第四章 ·   **052**
有时候明知不该，
还是会情不自禁，
因为我们都只是凡人。

目 录
contents

· 第五章 ·　　　076
爱情,
是历经流年的寻常,
更是风雨中的依赖。

· 第六章 ·　　　099
也许我们只想要一份平静的爱,
一个平凡的爱人,履行平淡的誓言。

· 第七章 ·　　　122
总会有那么一刻,
你陪着我,我陪着你,
都以为对方就是所有。

· 第八章 ·　　　147
一直以为在身边的人,
蓦然回首,原来相隔山长水远。

目 录
contents

· 第九章 ·　168
是谁先说永远一起的?
以前的一句话,成了此刻的伤。

· 第十章 ·　192
太耀眼的城市不适合看星星,
就像有些人注定不适合安定。

· 第十一章 ·　215
听见天堂的钟声了吗?
是宁静,还是依旧风起云涌?

· 第十二章 ·　246
最难战胜的,是自己;
最难忽略的,是心魔。

· 番 外 ·　261

· IS YOU GIVE ME ·
· THE BEAUTIFUL BUBBLES ·

是缘分,是巧合
又或是冥冥中的宿命

第一章

我听说，
每个天使在迎接幸福之前，
都要经历一段漫长的等待。

· IS YOU GIVE ME THE BEAUTIFUL BUBBLES ·

狂风夹带着雪花，席卷过大地，留下严寒和冰冻。天地间一片洁白，寂静又清冷。

那小小的身影靠在门边，玲珑娟秀的小脸上满是紧张，她死死仰头盯着旁边面无表情的女子，一双小手拼命地攥住女子的衣角。那双黑白分明的大眼睛里，蓄满了晶莹的泪花。她压抑自己的情绪，好久好久才怯生生地问道："妈妈，我们可以回家了吗？"

小女孩是那么地小心翼翼，好像生怕惊动了谁似的。那惶恐焦虑的神情，令人忍不住想为她做点什么。她的泪珠在眼眶里转呀转呀，长长的睫毛如同受惊的小兔子一般，轻轻地一眨，泪珠儿似如一串串的珍珠坠落下来。她还是努力挺直着瘦小的脊背，想让自己看上去更加坚强一些。

那个冷漠的女子终于转过头来，却没有看小女孩一眼，她只是漠然地注视着窗外。半天，她说出一句话："从此以后，你就在这里开始新生活吧。"

小女孩似乎还没听明白似的，眨着眼睛拼命将女子的衣角揪得更紧。女子冷着脸将小女孩的手一拂，小女孩往旁一个趔趄，胳膊撞在门框上。

"那就拜托了，我会定期汇款过来，请你们帮忙照顾她。"女子转向院长，轻声地拜托。她的声音有些哽咽，似乎有难言之隐。她不由自主抱紧了自己的手臂，似乎想要得到一些力量。

小女孩回过神来，心里隐约某个地方剧烈地抽痛起来。她不敢置信地看向她的妈妈，可是一对上妈妈那没有温度的眼睛，她的脸迅速黯淡了下来。那些尚未说出的请求，梗在喉咙里，酸酸胀胀的，心越发痛了起来。

也许是感觉立刻就要分离，也许被女孩幽怨的情绪打动，女子突然伸出手摸摸女孩的头："含曦，你要乖乖听话。那边有许多小朋友，去和他们玩一玩吧。妈妈想和院长单独聊一会儿。"

含曦弱弱地看了女子一眼，顺从地点点头，转身往旁边走去。

一个温暖的手牵住了她。

"孩子，来，和我一起往这边走，和小朋友一起去玩吧。"

含曦被牵着走出了这间房子，她忍不住一步一回头，看着和院长攀谈的妈妈，心里默默地哀泣。

院子里有一群孩子正在大声地嬉戏，做游戏的、堆雪人的，格外热闹。可是含曦却只是远远地看着，不时回望一眼院长的房间。雪花一片一片地飘落下来，不一小会儿，就落满了她的肩头，可是她好像无知无觉一般，只是静静地站在那里，不动也不笑。

院长房间的门开了。含曦忍不住朝那边看过去,她很想大叫一声妈妈,可是声音却似乎被卡住在喉咙里,发不出声来。她移动有些僵硬的身体,想朝妈妈走去,积雪阻碍了她的脚步,她走得跌跌撞撞。

女子裹紧了衣服,再也没有朝院子看一眼,大步离开了。雪下得越来越密,很快,女子转了个弯,背影彻底消失了。

含曦努力地朝前跑去,却眼睁睁地看着那个背影从眼前消失,不由得红了眼眶。或者是感觉到妈妈不会再回来,她无力地跌坐在地上,又极不甘心地往前爬了几步,然后号啕大哭起来。

风在呼呼地刮着,像是在为含曦而悲鸣;雪纷纷地落下,像是含曦眼中那无尽的泪滴。

一双温柔的手将含曦扶了起来,帮她拍打身上的雪花和泥土。含曦只是愣愣地任由摆布,像一具失去了灵魂的布偶。

"我听说,每个天使在迎接幸福之前,都要经历一段漫长的等待;所以,你想和妈妈再团聚吗?如果想的话,一定要好好努力,耐心等待哦。"温柔的声音如同暖流,拂过含曦冰冷的心田。

"是真的吗?你说的是真的吗?我很快就会和妈妈团聚吗?"含曦紧紧抓住那双手,好像溺水的人抓住一根救命稻草。

"对啊,要好好吃饭,要努力学习,有一天你妈妈会回来接你的。"那个温柔又肯定的声音抚慰了含曦,笑容重新回到了她的脸上。

"我会的,我一定会的。妈妈,你快回来,我等着你。"含曦小小的声音里有不容置疑的坚定。

· IS YOU GIVE ME ·
· THE BEAUTIFUL BUBBLES ·

是缘分，是巧合
又或是冥冥中的宿命

第二章

爱上了谁,
遇见了谁,
又错过了谁。

· IS YOU GIVE ME THE BEAUTIFUL BUBBLES ·

已经是深秋,但金黄色的阳光铺满了大地,尽管空气里已有些许的寒意,可今天仍然让人觉得温暖舒适的。

耳边回想着属于教堂唱诗班的和声,雅韵悠长,低吟浅唱,宛如天使的笑声。透过偌大的落地窗,轻纱般的窗幔被拉开,能看见外头碧绿的草坪上布置好的无数粉色气球和洁白粉嫩的百合花。孩子们开心地嬉笑追逐,一切和谐得令人沉醉。

门上传来了轻叩声,来人并未进来,只是隔着门轻声地提醒:"时间差不多了,麻烦新娘开始换装了。"

"好的。"柳含曦扬起声音回答。她站起身来,注视着化妆镜中那张被精心修饰过的脸,表情是冷冷的。

反倒是身后的女孩,她小心翼翼地捧着白纱,一副爱不释手的模样。借着镜子,柳含曦看见她的每一个神情都是梦幻的,好像这场婚礼是为她准备的一般。

柳含曦饶有兴致地挑了挑眉，保持着安静，始终没有出声打扰，她在等着那个女孩自己回过神来。过了许久，女孩终于抬起头，如梦初醒的样子。

在镜中对上含曦目不转睛的目光，她有些尴尬，像触了电般慌忙地避开，轻声说："柳小姐，该换衣服了。"

"谢谢，你也累了，忙了一个早上了，先去外面休息一下吧。"接过礼服，柳含曦低下头凝视，柔软漂亮的蕾丝，罗曼蒂克的浪漫，这实在是一件让人爱不释手的礼服。她自顾自地提起婚纱，起身往更衣室走去，丝毫没有注意到身后那道咄咄逼人的目光。

那个女孩叫小米，柳含曦甚至不知道她的全名，只觉得她长了个大众脸，看上去很普通，但是多年的职业本能让她一直都打量着小米。

待小米走出去，含曦关上门，背靠着门板，她重重地吐了一口气，放松下来，做回片刻的自己。因为待会儿穿上这件婚纱礼服，走出那扇房门，她就是人人瞩目的美新娘了，要始终保持幸福快乐的笑容。

迅速地褪去衣服，她踮起脚，将设计精良的礼服举得很高，翻来覆去地看着，心里不断地寻思：就是为了这件婚纱，有个女孩连生着病躺在病床上都一心牵挂。

休息室的石英钟敲响了九点整的钟声，也把神游太虚的含曦拉回现实。含曦知道时间不多了，赶紧行动起来。

她熟练地往身上穿戴着，忽然一阵尖锐的疼痛，让她忍不住惊叫一声，她的表情扭曲，疼痛让她抽了好几口凉气。好痛，这是怎么回事？她小心地脱下婚纱，翻转过来后，才发现婚纱上插着一根闪烁着刺目银光的尖针。白纱上没有沾染血迹。大概是这根针扎到了自己的肉上，也不知道是不是有毒。

看着这意外出现的银针，含曦皱紧了眉毛，隐约有种不安的感觉，她第一个念头便是：这不是个好兆头，恐怕婚礼会有什么波折。

听见惊叫声，窝在沙发里休息的雷蕾立刻清醒过来，皱着眉环顾四周，咒骂起自己，怎么会睡着了。

"含曦，没事吧？"很快，雷蕾的目光就注意到了紧闭的更衣室，她担忧地询问。她是含曦的同事，也是同学，更是含曦唯一的朋友。

"有人在礼服上插了一根针。"柳含曦的声音波澜不惊，语气淡淡的，似乎是没什么大不了的小事。

这种小伎俩不足以威胁她的生命，却让含曦和雷蕾立刻警惕了起来。有人想伤害她，或者应该说有人想伤害这场婚礼的新娘，不管那个新娘究竟是谁。

"要紧吗？不严重的话，先换好衣服出来。"问了一句，雷蕾努力思索着还有谁接触过这件礼服。

她隐约觉得这场婚礼并不单纯，那个真正的新娘，正躺在病床上生死未卜，也许她遭遇的意外也另有隐情。

"好的。"含曦轻声应着。控制好自己的情绪，她利落地拔去针，随意一扔，对着镜子笑一笑，若无其事。

走出更衣室后，柳含曦俏皮地转着圈，看着自己这一身白纱，剪水秋瞳含羞轻眨。审视了很久后，她才满意地仰起头，得意地一笑。

"那个小米是谁？"靠着墙，雷蕾的站姿很是随意，与身上那条飘逸的伴娘裙毫不相称。她顾自地拧着眉，直截了当地问话，见含曦闻声后明显地呆怔，雷蕾猜含曦和自己怀疑的人一样。

"是黄诚家管家的女儿。"话是冲着雷蕾说的，然而含曦的眼神依旧留恋在身上这条白纱上。

听说这条白纱是黄诚家祖传的，曾经是他妈妈穿的。小米曾偷偷地告诉她，这条白纱被下了诅咒，穿上它的人永远不会得到幸福，就像……黄诚他妈妈，在生下黄诚没多久就出事故死了。

诅咒，呵……多么幼稚可笑的说法！柳含曦从来不信这种莫须有的东西，她只相信事在人为。

"先出去吧，时间差不多了，自己小心些。"才一转眼，雷蕾就变得好温柔。她自然地拉起含曦的手走出休息室，低声提醒。她是不担心的，这已经不是第一次和含曦合作，含曦的能力，她向来很信任。

听到好友的嘱咐，含曦不着痕迹地点了点头。

庄严肃穆的《婚礼进行曲》响了起来，她缓缓迈上了红地毯。一丝似有若无的淡笑挂在唇边，分外羞涩美丽。红地毯那头的男子温柔地注视着她，笔挺的黑色西装将他衬托得分外俊挺。

今天，他是含曦的新郎。

柳含曦没有犹豫，伸出手挽住迎上前的白发长者，一步步靠近新郎黄诚。

神父微笑宣读着誓词，例行询问着两人，白发长者将含曦的手慎重地交托给了眼前的男子，并嘱咐了片刻。四周是一片掌声和祝福声，甜蜜在这小小的教堂洋溢开。

"谢谢你，很快就能结束了。"黄诚微俯下身，在含曦的耳边说着。

含曦点头，漫无目的地笑着，接受着并不属于她的祝福。

很快就结束了。是啊，她就能做回真正的柳含曦，跟眼前这个叫黄诚的男人形同陌路。

今天的她只是个带着别人的名字、别人的身份存在着的新娘娃娃。这场婚礼真正的新娘正生命垂危，躺在病床上奄奄一息。她唯一的梦想就是嫁给黄诚，于是为了成全她的梦想，含曦代替她出现了这个婚礼上。

柳含曦是大学三年级学生，平凡无奇，只是有着一份与众不同的工作而已。她和雷蕾是特殊演员，她们受雇于公司，听从公司安排接受委托。她们表演的舞台不局限在摄像机前，而是在人生这个大舞台上随时扮演任何角色，实现委托人的梦想。

每当任务完成的那一刻，含曦都会觉得空前的满足。她觉得成功了，她用自己的演技让无数人看见了希望，而这天赋是妈妈遗传给她的。

知名女演员，柳如烟。这一直都是柳含曦的骄傲。每次看见电视上播放妈妈在国外得奖的新闻，她都会觉得好开心，仿佛置身于那热闹的颁奖典礼上，一同感受着妈妈的欣喜。她总能看懂妈妈的每一滴泪，它们凝聚着这些年妈妈孤独的奋斗和无奈。可这也是她永远无法说出口的骄傲，因为柳如烟不能有私生女，对一个未婚的女演员来说，那是见不得光的！

爱，多么光鲜夺目，又多么丑陋不堪。

在黄诚的示意下，柳含曦回过神来，在所有人祝福的目光下，她紧紧地依偎在黄诚怀里。她抬头温柔地笑，眼睛里是热情洋溢的爱。其实，含曦并没有爱过，她不懂男女之爱，可是她却很好地诠释了那个真正的新娘的心意。

那是一个星期前，黄诚和他女友在病床前十指交握，一起恳求着她帮忙来完成这个婚礼。那样不加修饰的你侬我侬，那份咫尺天涯的的深情相对，让柳含曦的困惑不解——究竟爱情是什么滋味？

一声声礼炮伴随着掌声响起，柳含曦下意识地环顾着四周，忽然对上一道探究的眼神。这道眼神深邃逼人，还没等她反应过来，那人突然冲着她咧嘴坏笑，那是傲然凛冽的笑容。柳含曦猛地一震，背脊森寒，瞬间有一种被人看穿的感觉。

"切蛋糕了。"黄诚握住她的右手，轻声提点着。

自然地转回目光，柳含曦保持着微笑。其实从跨进这个教堂第一步开始，笑容就没从她脸上消失过。因为她一直提醒自己，要认真地扮演好每一个角色。

四层高的蛋糕在两人的合作下被稳稳地切开。小花童们忙着在一旁撒花，大家都闹腾着，柳含曦将手中的刀放到一旁的托盘上。她不经意地随手一放,却不知这是埋下了一颗定时炸弹。

人群中开始出现不和谐的响动,谁都没来得及反应,只见一抹黑影快速地冲了上来,一把夺过刀,迅疾地朝着柳含曦刺去。

"小心!"黄诚恐惧的吼声响起,他第一个反应便是用力推开身旁的柳含曦。柳含曦不知所措地看着那个正朝自己冲来的女孩,震惊的她甚至忘了去躲避。女孩的眼神让她震动,那个眼神,从刚才便一直锁定她的一举一动,她能辨识得出来。

那是带着伤心绝望的孤注一掷,那种宁可两败俱伤,都无法容忍这场婚礼顺利完成决绝,让含曦记忆犹新。

整个现场混乱不堪,有人尖叫,有人怔愣,有人四处逃窜,更多的人涌了上来,想控制住局面,抓住那个闹事的女孩。可是这瘦弱的女孩却像是有无穷的力气,她疯了一般,拼命地往前冲,她拿着刀横冲直撞,心里只有一个信念,我要杀了新娘!我要毁了婚礼!

眼看着危险飞速逼近,含曦本能地往后退,却一不小心被电线绊倒。

含曦的瞳孔瞬间放大,她无奈地看着那把挥舞的尖刀,上面还沾满了蛋糕的细屑。那刀一寸一寸地逼近,眼看就要靠近自己了。含曦叹了一口气,近乎绝望地闭上眼,干涩的喉咙连一声尖叫都发不出。

那一刻,含曦的脑海里一片空白的,她甚至来不及去思考什么,即使离死亡挨得那么近。

她只是发现一个悲哀的现实,她几乎想不到谁会为了她的离去而流泪。

没有预期中的疼痛和冰凉,含曦瞬间落入了一个陌生的怀中,那个怀抱是温暖的、宽广的,是从蓝修女过世后她再也没有体味过的温暖。

这变故太快,周围很快安静了,只听到被抓住的女孩无力的呻吟声,仿佛世界末日般无助。含曦没有一丝犹豫,倏地睁开眼,想看清楚究竟是怎样的人在她遭遇危难中伸出援手。

映入眼帘的是刚才朝她邪笑的男子,黑色的毛衣给人的触觉柔糯松软,他们就这样零距离地拥在一起。含曦眨着眼直视着他,刚才的惊魂一刻仿佛已经成为历史。

男子抬起头,见已经有人制住了那个行凶者,于是绅士风度地松开含曦。他微冷的眼轻扫过她的脸庞,却说出一句让人哭笑不得的话:"新婚快乐。"

这一句祝福,今天含曦早就已经听得烦腻。可从眼前这男人口中说出,却让她觉得略有有些不舒服,不由自主地,她几乎想脱口而出解释。还未启齿,一旁被制伏而沉默了片刻的女孩突然又叫嚷着挣扎了起来:"放开我,我要杀了她,让我杀了她……黄诚是我的,任何一个想接近他的女人都要死!"

那双眼睛,充满血丝,因为死命挣扎又显得更为可怖,她死死地瞪视着含曦,拳打脚踢着。那副歇斯底里的模样,十足像精神病院里正在发作的病患。

"小米?"大概是为小米眼中的疯狂震惊,含曦控制自己的情绪，小声唤她的名字。刚才那惊心动魄的一瞬间，让人回想起来还心有余悸。只要再晚一步，或是一秒，她就成了刀下亡魂。

果然，她和雷蕾都没有猜错，那个想伤害她的人真的是小米。

含曦稳了稳心神，站起身来，自然地拉开与那个男子的距离，缓缓走向黄诚。今天她的工作还没完，只要黄诚没有喊停，她就还是他的新娘。所以，含曦告诉自己，要有始有终地完成好这个角色。

"黄诚是我的，谁都别想得到，他是我的！"小米对着天空大喊着，对于周围人的劝阻，她一概不听。她似乎沉浸在自己的感情世界里，喃喃出声，"我从小就爱他，每一天每一秒钟，都不曾停止。我的每一篇日记只有一个男主角，那就是黄诚。我想，总有一天他会被我感动的，我为他做了那么多。除了我，谁都不配做他的新娘！"

如泣如诉的表白让含曦不禁想到这个女孩平素的样子。为了扮演好今天这个新娘的角色，含曦最近一段时间常以黄诚未婚妻的身份出席各种场合，去他家里了解情况。几次照面，含曦印象里的小米是安静的、朴素的，她总是站在一旁默不作声。那种存在就像空气一样，大家无时无刻在接触，却不自觉地忽略。

"小米，怎么是你？难道你疯了吗！"黄诚摇着头，不敢置信。

这个与他青梅竹马一同长大的女孩，一直沉默寡言地藏在后面，很容易被人忽视。可是他，只有他，为了不让这个小伙伴生活在自卑的阴影里，从小就视她为妹妹般关心着爱护着。只要有人欺负她，他总是第一个站出来为她撑腰。

可那是一种再单纯不过的感情，就像亲情。他们像共生的植物一般，沐浴着相同的阳光雨露。他呵护她，无微不至，却也仅此而已。只是他不曾料到，自己的关心竟让她误会为男女之情；如今她求之不得，甚至不惜以两败俱伤来终结这段感情。

"我疯了！我是疯了！从你带范晓静回来，说要准备结婚时我就已经疯了。诚哥哥，你从来没有认真地看看我的真心，永远都选择忽视我的示爱。你怎么可以在我面前毫不遮掩地宠溺范晓静？你怎么可以这样伤害我的感情？但是没关系，我可以找人开车撞她。可惜她命硬，连车都撞不死！本来我以为没有范晓静，一切就平静了，你还会回到我的身边。谁知道这个女人突然出现了。你已经忘记范晓静了，我们可以重新开始啊！为什么就是不愿意看我一眼……为什么……为什么……"

小米颓然地低下头，掩着面将少女心事毫无保留地倾泻出来。从她颤抖的双肩，那奔流的泪水，谁能想象，十多年的情根深种，这份太过沉重的情感，把这个原本单纯美好的女孩逼疯了。

含曦站在一旁默默地看着，她心里思绪翻滚。她怎么也理解不了，究竟是什么让一个女孩，做出如此疯狂的行径，将自己的终生幸福全部赔上。身体发肤，受之父母。还没有好好地回报父母，怎么可以做出这么疯狂的举动？真是不可思议。

"原来是你！你怎么狠得下心？那是晓静啊，那么柔弱的女子，我曾发誓用生命去守护的女人，是你杀了她……"黄诚嘶吼着，不愿相信这个事实。这个结局对他来说太残忍。曾经如亲人一般疼爱的妹妹，如今疯疯癫癫；曾经执手相望相约一生的爱人，却病入膏肓。他无法抑制内心的伤痛，和范晓静从认识到相爱的每一个片段，在他脑海中栩栩如生。他发过誓，一定要给她幸福，可他万万想不到因为自己的缘故而给她带来了灭顶之灾。

这种爱而不得的痛苦，这样悔恨交加的情绪，让黄诚崩溃得想大哭一场。

那时候他还是个小小少年，他的父母就因事故意外身亡。父亲留下了大笔财产，忠心不二的管家夫妇将他培养大。对黄诚来说，小米一家给了他家庭的温暖，他们就如同他的亲人。可就是这最亲的人，却一手策划了所有阴谋，让他最爱的人至今仍挣扎在生死边缘。

想到这里，黄诚无力地跌坐在椅子上，闭上眼，双手抱着头，说不出一句话。

爱上了谁，遇见了谁，又错过了谁。

这赤裸裸的表白让所有人都震惊了。这份置之死地的爱情让人唏嘘不已。

小米蓦地抬起头，灼灼的视线锁定含曦，她咬紧的牙关令苍白的脸色有一份决绝的坚定。她突然使劲挣脱了束缚，冲上前去，从袖口处抽出随身携带的小刀，执着地直奔含曦而去。就算死，她也拉着情敌一起同归于尽。

毫无意外，这一回那个男子一把拉开含曦，将含曦顺手护在身后。他张开手臂保护着含曦，一副凛然不可侵犯的样子。

"小米，不要闹了！"出声喝止的是老管家，也是方才亲手将含曦交给黄诚的人。他一边嚷着,一边不顾一切地冲上前,用尽力气死死抱住自己的女儿,涕泪交加,他哀求着女儿,"爸爸求你了,不要再错下去了,你这样会让诚少爷更加恨你的。"

这一句话,让小米立刻如触电般扔掉手中的刀,她挥舞着空空的双手,看向黄诚:"不要恨我……诚哥哥不要恨小米……请你不要恨我。"她不住地念叨着,被人再次控制住的身体左右摇摆,她沉浸在自己的思绪里。她所做的这一切只是为了爱,她比这世界上任何一个女人都要爱诚哥哥,黄诚对她来说不只是儿时单纯的梦想,而是支撑她未来活下去的支柱。

"小米,你冷静点。含曦是无辜的,她只是代替晓静来完成这个婚礼,她只是个演员,不要伤害她。"黄诚无奈地开口,尽量放缓口气,生怕惊扰了这个女孩。他不希望悲剧发生,对他而言,小米是他的亲人,这十几年来的共同生活,他是真的把她当作了妹妹。

黄诚的话立刻在人群中引爆。大家窃窃私语,交头接耳,但似乎没人清楚这事的来龙去脉。黄诚也无意再深入解释,这是他和晓静之间的事,没必要向任何人交代。

"原来是演员啊,呵呵,有趣。"

在小米悲恸的哭声中,含曦隐约听见一个戏谑的男声,还隐含着一丝笑意。她下意识地转头,去寻找那个救了自己两次的谜样男子。

突然,她对上一张熟悉的脸,那面上是灿烂的笑容,如同秋日暖阳一般熨帖心房,弥散开来。不同于刚才第一眼时的冷漠,这个男孩的笑脸像是能轻松抚慰人心。

"你身上的味道真好闻。"眨着眼,他靠过来抽了抽鼻子,将彼此的距离拉近,这个尺度很容易让人感觉暧昧。

含曦的脸倏地红了,如同熟透的大苹果。

满意地注视着含曦的表情,男孩顽皮地调侃:"你继续演吧,加油,我先走一步。最讨厌看女人哭哭啼啼的场面。"

等到含曦回过神来的时候,那个俊挺的身影已经消失在门外的花架下。

含曦皱起眉头,她甚至都没来得及问那个人叫什么名字,就这样擦肩而过了。

他的存在一如他的离去,没有引起任何人的注意。

从始至终,含曦没见他与这婚礼上的任何来宾攀谈过,仿佛他谁都不认识,只是过来凑个热闹。

整个会场喧嚣异常,一场婚礼居然成为行凶现场,这个看似柔弱得不堪一击的女孩,竟会做出这样的事。更没人能明白黄诚的话,今天的新娘居然是个演员!

前一个瞬间还美好盛大的婚礼,忽然变得像一场荒诞的闹剧。

小米被人看管着瘫坐在一旁,流着泪,因为她的诚哥哥始终不肯驻足为她停留,也不曾怜惜过她的真心,她那么伤心,却没有一丝悔意。

一身盛装的管家夫妇,将自己这唯一的女儿搂入怀中,无比怜爱,女儿只是迷了心智,她其实单纯可爱,并不是个坏人。

含曦忍不住湿润了眼眶,天下间唯有父母才会永远不计较儿女的过失,永远包容宠爱。

可惜,法律面前人人平等,她所做的一切已经触犯了刑法,法律宽容不了她。

"诚少爷,交给警察处理吧,是我们女儿做错了,和你无关。"老管家说着,声音比起刚才更显苍老。

黄诚不语,转头看着四周装点着的百合花,他觉得很讽刺。这场婚礼,还是没有如愿完成,一切都是注定的吗?他的心是乱的,因为晓静的病危,如今晓静生死难测。

沉思了半晌,他缓缓从唇间迸出一句:"带小米走吧,随便去哪儿,晓静这事就当没有发生。我们不会报案的。就当一切都过去了。"

这样的承诺让所有人意外。因为小米而生死不知的晓静,那么相爱却时日无多的情侣,那份难得一见的深情,一切都不追究了。含曦站在一旁,默默地点头,为什么范晓静唯一的愿望就是嫁给黄诚,她似乎有些明白。因为这个的男人,有如此宽广的胸怀,他独特的魅力,足以让一个女人为他去痴,另一个为他去狂。

她想,即使真的离开了,恐怕小米这辈子也忘不了他。

正想得入神,伴娘雷蕾突然匆匆跑来。含曦看着她匆匆忙忙的样子,不禁扶额,本来应该陪在自己身边的人,怎么惊心一刻的时候,这家伙就不见了。

望了一眼混乱的场面,犹豫了片刻,雷蕾附在含曦的耳边咕哝着。

"刚才电话突然响了,我一看是医院打来的,怕有急事,连忙走开去接电话，你没事吧？"

见含曦摇了摇头，她才放下心，继续说："范晓静没事了。"

听到她的话，含曦的笑意更浓了。真好！她喜欢大团圆的结局，因为那样人生才圆满啊。

"晓静度过危险期了，我的工作也结束了，祝你和她幸福。小米，你也一定要幸福，为了你的自由，黄诚对你的包容和爱护，好好努力活出自己的人生。"

说完，含曦在众目睽睽下上前轻柔地搀扶起小米。看着小米脆弱易受惊的模样，她感觉到这个纤瘦的身影依旧在不停地颤抖着，她忍不住生出恻隐之心。

含曦歪着头笑了笑，很温柔地抚上小米的发："错过的就让它过去吧，那注定是不属于你的。幸福，从来没有特定的名字，未必一定要叫作黄诚。勇敢地从头来过，尝试着换种方式来爱，微笑着生活，也祝福爱护你的诚哥哥和晓静姐姐。"

说完这番话，含曦忽然觉得很轻松，萦绕在胸口的是祝福和希冀。她转身离开这喧嚣的会场，边走边扯下头上的白纱。

她又做回自己了，她变成了柳含曦了。在下个任务来临之前，她回归到平凡普通的大学女生的生活，挥洒自己的青春。

她替绝望的心找到了曙光。也许，再过不久，她也能等来自己的曙光。

跨出教堂大门，含曦孩子气地张开双臂，贪婪地呼吸着，风干了的泪痕还带着隐隐的感动。

含曦想，一定会有那么一天，她能亲身去体会感动的滋味。

一如黑暗中总有屹立沉默的路灯，暖暖照耀着未知的前程。

也许下一个转角，她就能遇见属于她的缘分，一如今天婚礼上邂逅的那个男人一样。

黑夜尽管难挨，可是黎明到来前，曙光即将照亮你的人生。

"您在新剧里饰演的是一个未婚妈妈，历尽千辛万苦将女儿养大，我很好奇，生活中您是否也想过生儿育女呢？"

"会想，毕竟是个女人嘛。尤其是一个人在国外打拼的时候，看着别人一家三口很快乐的模样，总觉得特别羡慕。"

"呵呵，如果有的话，您是否会像剧中一样溺爱她呢？"

"应该会更过分吧，我是个很喜欢孩子的人，我想我为了孩子甚至可能会放弃演艺事业。因为我会想给她全身心的母爱，让她觉得快乐。"

含曦抱着膝，蜷缩在沙发上，看着电视里正播放着的专访。她整个人傻傻地盯着电视，愣在那儿没了反应，她甚至能听见自己加快的心跳。她回来了，妈妈回来了！还在电视上公开说要回国发展了！终于等到了……含曦无心去听接下来的内容。她错了，蓝修女骗了她，她等来的不是这些年失去的，而是更残忍的否决。妈妈说她是个很喜欢孩子的人，可十几年来，妈妈却把她扔在修道院不闻不问。

含曦捂着嘴，还是没能忍住地哭出声来。第一次，她觉得这个一直出没在金发碧眼人群中的母亲，竟离自己如此之远。她们呼吸着同一方土地的空气，看着同一个形状的月亮，喝着同样的水。可是，却像隔了一个世界般，如此遥远。

"妈妈，含曦好恨你……"她哭着，轻声呢喃，无力地抱住自己。没让她有太多时间感慨，门铃声忽然响起。

太过突兀的声响让含曦愣愣地看着门忘了起身，直至声音越来越急促。她困惑，考进大学后她就离开了修道院，一直都一个人住，很少和人有来往，那么晚了会是谁？

带着好奇，她胡乱擦干泪，匆忙朝大门奔去。

当含曦打开门，所有的思绪都在这一刻凝滞。门外的人隐在夜色中，她依旧戴着大大的墨镜，用丝巾遮去了大半个脸，可含曦还是可以准确地辨认出。因为那是她再熟悉不过的人，想念了十多年的人。她就这样没有预期地出现在她面前，如同当时消失时一样仓促。

"妈妈……"含曦咕哝着，语气里仍带着不敢置信。她不敢眨眼，生怕又像儿时一样，再次睁开眼睛时一切如泡沫般幻灭了。

没有回应，女子只是警惕地左右张望了一会儿，然后迅速地往屋里走去。直到跨进了含曦的小套间后，她才放心地扯下一切伪装，惬意地在沙发上坐下。

虽然有了足够的准备，可是妈妈这不经意的动作还是让含曦的心抽紧了。

"你没有爸爸，你是私生女，在外面也不可以叫我妈妈！"昔日母亲时时在耳畔叮嘱的话，含曦还记得清楚。没错，她没有爸爸，也可以当作自己没有爸爸，可是她却无法忘记妈妈的存在。但那又如何，她只有乖乖地，像所有追星族一样，默默地等待着她,永远地存在于暗处。因为,唯有这样,含曦才不会给妈妈带来任何负面影响。她可以永远做光彩夺目、人人羡慕的著名影星。

"修道院的人告诉我,这些年,你一直很乖,很争气。"

柳如烟优雅地靠向椅背,端起含曦递上的花茶,就着杯沿轻喝了一口,边咽着边不由自主地皱眉。茶叶的味道很粗劣,她的嫌弃太过明显。

"嗯。"

含曦跪坐在茶几前,有些慌乱,不知该怎么开口。可眼睛紧盯着这突然而至的妈妈,不舍得错过妈妈的任何一个表情。

妈妈和十多年前一样,容貌没有什么变化,反而越来越有韵味了,她天生就适合生活在镁光灯下。只是,她不再像从前一样爱喝花茶了。含曦这才发现很多东西过去了是永远回不来的,即便是母女。

妈妈错过了她成长的岁月,这些年来,含曦都是自己咬紧牙关熬过来的。她自己努力赚学费,努力将每一天都过得精彩。她一直对自己说,不要去恨妈妈,她也是逼不得已。可现在,含曦无法不去恨。

因为爱,所以恨。

"含曦,这些年辛苦你了,你不会恨妈妈吧?"柳如烟突然倾身,以为女儿的沉默是无声的抗拒。

"不辛苦,我过得很开心!"这话让含曦突然激动起来,她是倔强的,不愿在任何人面前示弱,尤其是她,"修道院的修女们都待我很好,我很感谢你把我送到了那里,至少不用流落街头。"

至于是不是恨,含曦不想多说,这声问候对她来说迟到了太多年,现在已经不需要了。

突然,柳如烟起身颤抖着一把将女儿搂入怀中,紧紧地抱着,呼吸有些急促,良久才哽咽着开口:"妈妈回来了,以后会在国内发展,不会再让你受委屈了。"

这么亲密,这样近的距离,这是含曦怎么都不敢去奢望的,近到她呼吸着妈妈的呼吸,听着妈妈真实安稳的心跳。含曦迷惘地睁着眼,反倒有些不知所措了,到底是错过了那么多年,连拥抱都不是想象中的味道了。

妈妈的话让含曦忽然觉得讽刺。不会再让她受委屈吗?呵……从小到大,她受的委屈都是妈妈"给予"她的。她让自己过着有妈妈却如孤儿一样的日子,让自己在修道院里孤独地度过童年;上学后同学们嘲笑她是个没有父母的孤儿,随便哪个同学都敢欺负她,因为从来没有人会为她出头。

她不喜欢听这些议论,她可以远离人群,活在一个人的世界里。可妈妈为什么要回来!为什么功成名就之后依旧不肯承认她的存在!

含曦缓缓地伸出手,生涩地推开妈妈,牵强地挤出笑容,声音里头有浓烈的疏离:"现在已经晚了,您要在这里过夜吗?我去给您整理床单。"

简单而不带感情的几个字,却让柳如烟脸上的表情瞬间冻结了,她怔怔地看着女儿远去的背影。那种骨子里透出来的不甘示弱让她心头一紧，鼻腔忍不住开始泛酸，一别那么久，这些年她一定撑得很苦。

"含曦，妈妈一直都很爱你。"缓缓地，柳如烟控制不住地呓语出声。声音很轻，但是在这狭小静谧的套房里，还是一字不差地传入了含曦的耳中。她背脊一僵，脚步只停留了刹那，很快又走开了。

可是含曦控制不了自己的心，泪珠就这样一颗颗滴落，在纯白的被褥间浸染开。这种忽喜忽悲的心情让含曦快要崩溃了。妈妈真的一直都爱着她吗？用这种离开她、否认她的方式来爱吗？

其实含曦压根不在乎自己到底过得好不好，她不贪图富贵，只是单纯地想像其他孩子一样，对着妈妈撒娇，每晚能听着妈妈念故事，看着她慈祥的怀抱里入梦，仅此而已。

仅此而已……却难如登天……

很多时候，最适合的东西总会在最混乱之际，以最迥异的身份出现。

含曦感慨地合上手中的书，随意躺下，绿绿的草坪总是她最喜欢待的地方，无端地让人觉得温暖。

耳边是同学们来往的嬉闹声，暖暖的阳光让含曦索性闭上眼，嘴角始终挂着笑，甜美到足以吸引任何过路人的目光。这是一抹仿佛得到了天下至宝般的满足笑容，很是诱人。

她的脑中回想起了刚才书上看到的那句话："慈母的胳膊是由爱构成的，孩子睡在里面怎能不香甜？"这是雨果说的话，让含曦由衷地赞叹。昨夜是她长那么大以来睡得最安稳的一夜，因为是枕着妈妈的手臂入梦的。又或许真的是一场梦吧，梦醒后，她们各行其道。她还是一个孤儿，一个平凡的女大学生，没有父母。而妈妈，依然还是那个被无数人追捧的知名女星柳如烟。

昨天晚上，她和妈妈聊了好久好久。

含曦告诉自己，放下一切任性，这个夜晚不要有恨，恨了那么久，她好累啊。妈妈说得眉飞色舞，她眨着眼认真聆听，每一个喜悦痛苦，她都能感同身受。

尤其当妈妈微红了脸，如情窦初开的豆蔻少女一般说"我有男朋友了"，那一瞬间，含曦有些手足无措，跟着傻傻地笑。

柳如烟一直是个绯闻不断的女星，如今能安定下来，含曦想，那个男人一定很优秀。然而即便如此，含曦也明白，自己只能在妈妈的世界里适当地扮演听众的角色。

"含曦！就知道你在这儿。"

想着，脑袋有些沉沉的，含曦几乎要昏睡过去了。一道吼声突然而至，破坏了难得的情境。含曦不满地拧起眉，没急着睁开眼。不用睁眼也能猜到，除了雷蕾，还会有谁？

"柳含曦，你理我一下啊，我找你找得很辛苦！"见含曦丝毫没有反应，雷蕾蹲下身，顽皮地开始挠起她的痒，笑得比含曦还大声。

含曦很漂亮，却也很孤傲，在学校很少与人交往。她们曾经做了好久的同学，都没有说过一句话。如果不是她们刚好从事相同的工作，又偶然在某次工作中遇见，雷蕾也不会和她成了朋友，更不会这么肆无忌惮地闹她，和她嬉戏。

"好了好了，我理你。说吧，什么事？"实在忍受不了她的无赖，含曦只好投降，谁让她今天心情好。

"你把手机落在教室里了，有短信，应该是有新的工作了吧。"说着，雷蕾从包包里掏出手机递给她，慌乱中，不小心让包里的东西散落一地。

含曦接过手机，无奈地看了她一眼，这家伙总是这样，做事大大咧咧的。真不知道她是怎么当选特殊演员的，好在她每次工作完成得还算漂亮。

"讨厌，还不帮着我一起捡！"雷蕾吼道，拿含曦这种隔岸观火的性格没辙。

难得含曦心情好，笑着点了一下头，替雷蕾整理起东西来。当她看见散落在不远处的杂志封面时，脸色变得惨白。

"知名女星柳如烟沐浴爱河，甜蜜照首度曝光。"

偌大的标题赫然入目，被刊登在了封面上，引起了含曦的注意。可让她惊讶的是这张情侣照里的男主角。

"怎么会是他！"因为太过惊讶了，含曦将内心的疑问脱口而出。这是上回婚礼上伸手援助她的男人，虽然换了发型，更显帅气了，但她绝不会认错！

"你认识他？我特地为你才买这杂志的。我想呀，你那么迷柳如烟，一定会感兴趣。"雷蕾看出了含曦的不对劲，却还是习惯性地聒噪。

难道这就是妈妈口中的男朋友？含曦不敢相信，他看起来和自己差不多大，这样悬殊的年龄她接受不了。

更奇怪的是，她心头涌上的那股奇异的感觉，酸酸的，心里仿佛被什么东西堵住了。

说不清道不明的情绪，就好像……嫉妒！想到这里，含曦慌忙地猛摇头，拼命甩去这种可怕的念头。她怎么可以嫉妒，如果他真的是妈妈的男朋友，她应该笑着去祝福的。

"哎呀，快回电话，不然老板要生气了。"幸好，雷蕾的思绪向来转得飞快，很快就忘了杂志的事，也丝毫不记得那场婚礼上的插曲。

雷蕾口中的老板就是每次派任务给他们的那个人，谁都没有见过他，也一直不知道他究竟是男是女，手下到底还有多少个特殊演员。每次他们都是通过电话联系的，那个声音也像是经过特殊处理的。

关于这点，含曦从来没有想去探个究竟，她一直只管完成工作。没有一刻的犹豫，含曦立刻拨通那串熟悉的号码。也许是距离上一次的婚礼空闲太久了，她才会这样不正常地胡思乱想吧，只要开始工作，应该一切都会好起来的。

· IS YOU GIVE ME ·
· THE BEAUTIFUL BUBBLES ·

是缘分,是巧合
又或是冥冥中的宿命

第三章

总是假装坚强，
却让人更加痛苦，
倒不如流着泪坦白。

· IS YOU GIVE ME THE BEAUTIFUL BUBBLES ·

繁华街边，落日下形影相吊的身影总透着苍凉。

尤其是在这深秋，落叶随风而过，零星几片还很不甘地悬挂在干枯的树枝上，摇摇欲坠，可依旧顽强眷恋。

柳含曦停下步伐，举头望得出神，不过是片枯叶，却让她的心被轻触。

它是该不舍得的，怎么舍？是树孕育了它的生命，无论它枝繁叶茂也好，如今的干枯也好，那都是叶子的根。

离了根的叶子，早晚也会枯萎。就像她，离开了妈妈那么久，人生一直都是黑白的，不管她多努力，试图让自己活得精彩。可那些色彩仍然空洞、匮乏。真的还要继续恨吗？恨填不满她的心，既然回来了，不如尝试着放下一切吧。

想着，含曦垂下头，看着手中的杂志。或许她该尝试着接下刚才的工作，做妈妈新剧的群众演员，虽然有风险，但至少能离妈妈近些。

犹豫了片刻,含曦下定决心,毅然拿出手机,拨通电话,将刚刚推辞掉的工作接下了,就容许她偶尔如叶子般任性一次吧。

做出决定后,含曦顿时觉得自己心情好了不少。裹紧外套,她笑着,默默地消失在来往的人群中。

"那边的女孩!你……看起来实在太漂亮了,完全不像逃难的人……"副导演拧紧眉死盯着屏幕看了许久,总觉得有些不对劲,却又说不上来。思忖了片刻后,他大喜,狠狠地拍了一下自己的大腿,冲着远处河边的含曦大喊。

正窃窃私语着的群众演员面面相觑,谁都没反应过来副导演这话到底是冲着谁说的。

愣了片刻,含曦才不确定地伸手指向自己,轻声询问:"是我吗?"

见那边众人纷纷匆忙点头,含曦皱了皱眉,无奈地叹了声,弯下身,随意在地上抓起一堆泥,胡乱往自己脸上抹去。而后,再问道:"这样可以了吗?"

她实在是没什么耐心了,折腾了一天,不断有人出错,那也算了。可是,至今她连妈妈的影子都没看见。

沉浸在自己思绪里的含曦并没发现四周的异样,片场的人都因为她那率性而为的动作愣住了。除了傻傻地点头,给不出任何反应。不远处有道灼灼的视线,就这样片刻不移地紧锁着她。

忽地,那人唇角微扬,浮现出逼人的笑意。

"我的意思只是说,她这种资质,做群众演员太可惜了……"

无奈地，副导演在那边暗自咕哝开。

声音不大，但信息准确无误地传入导演耳中："你那么拐弯抹角地说干什么！等一下去找她试镜看看！我觉得她那长相完全可以胜任主角少女时代的样子嘛！"

在导演一声声的怒吼中，拍摄进行得格外顺利，一次就通过了。含曦甩了甩头，微笑着接过旁边好心的场务递过来的湿毛巾。

"谢谢。"

"没关系，我还是第一次看见这么认真的群众演员。辛苦你了，去后面洗洗吧。"

看起来像是还在实习期的小场务比手划脚地说着。

场务憨厚的模样逗得含曦大笑，她调皮地冲他挥了挥手，径自往后面的盥洗室走去了。虽然没有见到妈妈，可她突然有种满足感，整个人好像都鲜活了起来。

梳洗好后，她用毛巾擦拭湿漉漉的头发，往外走去。今天的工作算是完成了，她暗自祈祷，但愿明天能遇上妈妈。

为什么想见？连含曦自己都不清楚，她只是想弥补这些年的距离，亲身体验妈妈为之努力奋斗的工作。她单纯地认为，也许这样体会过了妈妈的艰辛和不易，她便不会沉浸在过去的怨恨中。内心深处，含曦想改变自己对妈妈的观感。

狭窄的长廊上，无数人来来往往，忙碌极了。含曦只好侧着身子，尽量不去打扰别人的工作，一抬头，却正对上一双清澈黑瞳。瞬间，她觉得自己像跌入了漩涡一样，迷离了思绪。

"嗨，真巧。"

怔愣中，对方率先开口招呼了起来，一副若无其事的模样，熟络得像是相识多年的老朋友。

"是……是啊。"含曦有些结巴，她是怎么也没预料到，会在这里遇见这个男孩。

他是来看妈妈的吗？

"我也是这部剧的群众演员。"男孩像看穿了她的心事般，替她解着惑。

"这位小姐！"

还没等含曦反应过来，身后就传来了吆喝声。

她僵硬地转过头，看着急促奔来的年轻男子，回想了片刻，才忆起他就是方才的小场务。

含曦换上可亲的笑脸，很礼貌地问："请问，还有事吗？"

"呃……是这样的，我们导演说，希望你明天能来试镜。柳女士饰演的女主角有一段回忆的戏，导演觉得你非常合适，想让你试试，恭喜你了。"那个大男孩有些腼腆，不安地摸着头，说得倒是流畅，脸却无端地绯红。

含曦看着他，抑制不住地轻笑："不好意思，我只是打工而已，不想耽误了自己的学业，麻烦你和导演说声对不起了。"

对于她的拒绝，场务显得很惊讶。那么好的机会，很少有人会这样毫不犹豫地回绝。

"可是……"

"既然你那么喜欢演戏，为什么还要拒绝？"出声的是立在一旁的男孩。

听到他的话,含曦转头看了过去,才发现他居然还没走。她惊讶他竟能这样一眼看穿了自己,她确实喜欢演戏,那种感觉就像与生俱来一般,每每都会在血液里呼之欲出,怎么都压抑不了。所以,她才会选择这样的职业。这并不仅仅因为它诱人的薪水,更多的是兴趣。

然而,就这么被看穿了心事,让她不安,甚至有些惶恐。

匆匆地收回目光后,含曦连"再见"都忘了说,就这么跑开了,也没心思理会身后场务的叫喊,她不能演。因为这张像极了妈妈的脸,一旦暴露在公众面前,会牵扯出太多往事。

这一刹那,含曦有些明白妈妈的处境,她或许并非不想承认自己,只是生活在信息如此透明的大众生活中,一旦坦白了她的身份,一定会被挖出一堆往事。而那些往事……含曦是知道的,妈妈不愿意去回想。尤其是那个男人,生了她,却从未尽过半点做爸爸该尽的责任,妈妈是恨他的,而她宁愿当作自己没有父亲,也不愿意在这种人身上浪费任何感情。

含曦开始后悔了,她不该来的。她的身份压根就没有权利任性,这是一份奢侈!

唯有爱才能让人活得鲜活,恨,只会让美好的事物缓缓枯竭。

"柳含曦,半途而废不是你一直最唾弃的事吗?"

"可是我真的觉得那个临时演员的工作好无聊。"

"我没办法替你,我这边还有个工作呢。不然你打电话去公司问问……不能说了,人来了,我要工作了。"

含曦无奈地望着手机，雷蕾就这样匆忙地的挂了她的电话。

也难怪，含曦一直觉得特殊演员在工作时都会像变了个人似的。她是如此，雷蕾也是如此。

可是雷蕾说对了，半途而废的确不是她喜欢做的事。为什么想逃？真的是为了试镜的事吗，含曦感觉自己在掩耳盗铃。

或许……她只是怕自己沦陷在某个不该深陷的泥沼中。

叹了一声，含曦抬起头，看着渐渐暗下的天色。她就这样漫无目的地在片场四周逛了一下午，突然有些排斥回到那个空荡荡的家。

但再排斥又怎样，最后她还是要回去，那是她唯一可以依赖的避风港了。努力平复住紊乱的心思，含曦用力地笑一笑，拐进巷子，往家的方向走去。

她机械地打开门，没有开灯，只是将钥匙随意地扔在桌子上。

她揉着有些疼的太阳穴，凭着对环境的熟悉，摸索去卫生间洗个脸。

含曦不喜欢灯光，她的房间里甚至只有一盏昏黄的壁灯，她喜欢将自己隐藏在黑暗中。也许是从小对自身的认识，她一直以为自己是个只能在黑暗中生存的人，她见不得光。

"怎么才回来？他们说你下午就走了啊。"

没有预期地，黑暗中传出一个声音。

温柔的女声听起来很柔和，像是能抚慰人心般。含曦猛地一惊，没料到家里居然会有人等着她。

"妈妈……"听着这熟悉的声音，含曦眯起眼，借着窗外的月光看向沙发上的人影,试探性地喊道。

"嗯。"伴着一声回应,房间内顿时亮了起来,柳如烟顺手旋开一旁的壁灯,暖黄色的灯光,让这小小的屋子充满了温馨。

"呃……你是怎么进来的?"含曦下意识地回头看了看房门,门锁安然无恙,排除了妈妈撬门的可能性。

柳如烟没有忽略女儿的小动作,摇头会心一笑,冲她招了招手,再拍了拍身旁的空位:"我的助理帮我找的锁匠,我听说你下午匆忙地走了,有些担心,所以想来看看你。"

含曦听话地在母亲身旁坐下,身体有些僵硬,在陌生的妈妈面前,她依旧不知道该怎样表达自己的情绪:"我没事。"

或者该说,对母亲这种爱恨交织的复杂情感,连含曦自己都掌控不了。

"他们今天想找你试镜是不是?"柳如烟歪着头,打量着女儿的每一个表情,见含曦茫然地点头,她笑了笑,"去试吧,也许是个不错的机会,不用顾忌我的。妈妈刚才特意不开灯,一个人傻傻坐着等你,才几个小时,就觉得好累。可是你,一个人撑了十几年,这种感觉妈妈知道。喜欢就去做,你开心就好。"

"可是我……"第一次,含曦真的觉得和妈妈心贴着心。

原来所有的一切不是她一个人在努力,她努力去体验妈妈的世界,妈妈也在努力走进她的世界。真的是错过了太多年,彼此错失的时间是弥补不回来了,可是到底抹不去那一份血浓于水的关心和爱。

"别可是了。你是柳如烟的女儿,不可以丢脸哦!明天的试镜一定要成功，要为妈妈争口气，然后我们母女就可以站在同一个舞台上了。"如普通的母亲一样，柳如烟说着，将含曦揽入怀中，是一种勉励，又格外亲密。

含曦不是不感动，妈妈身上特有的香味窜入鼻尖，让她觉得好安心，也能感觉到自己越来越模糊的视线。在这一刹那，她想自己是慢慢妥协了，原本因爱而浓郁的恨意也在这样的拥抱和抚爱下消散了。她只想做柳如烟的女儿，无关乎争不争气，只要妈妈可以永远在她身边，再也不离开就好。

渐渐地，含曦觉得睡意涌了上来，她放松着闭上眼，模糊间不断地梦呓着："妈妈，不要扔下含曦了，冬天……好冷……"

隔日一早，含曦躺在床上睁开了眼睛。房间里只有她一人。含曦不知道妈妈是什么时候离开的，可她不怪她了。

今天的含曦心情很好，梳洗整洁后，她愉快地出门了。

刚踏入片场，场务就告诉她，可以先去后面休息一下。她坐不住，在片场闲逛起来，不知不觉晃到了妈妈的休息室前。看门上贴着的"柳如烟"三字，她抑制不住地心跳，傻傻伫立良久，手指尖仅仅是轻触上那三个字，都觉得焚心的烫。

真好，离得那么近，只有一扇门的距离。

"我以为不去看、不去听，就可以不再想你；可原来是真的什么都可以忘记，却唯独不能忘记你。"

房内突地响起一道沉稳的男声，暗含磁性的嗓音……虽然只说过那么几句话，可隔着门板，含曦依旧能准确地辨认出是上回那个男孩。

"你特地跑来就是为了跟我说这个吗？"

是妈妈的声音！

"我爱你……"

……

紧接着，四周静了。含曦想象不出里头正在上演的该是什么情景，或许更多的是不愿想象，只觉得心没由来地难受，像被什么梗住了般，怎么做都不舒服。原来那些不是八卦杂志胡乱写的，那个人真的是妈妈的男朋友。

可是他们的爱让含曦都有一种被压得喘不过气的感觉。

"原来你在这儿呀，我找你找得可辛苦了，快跟我走。"

一个急促的声音把含曦唤醒。这个看起来有些愚钝的场务，出现得那么恰当，将她从莫名其妙的遐想中拉出来。可她却没想到，这声大叫也提醒了休息室里的两人。

"是你？！"

门被打开，极大的声响。果然是上次的那个男孩，这回他穿着清爽的白衬衫，微敞的领子引人浮想联翩。对于含曦的出现，他一脸惊讶。

含曦没说话，只是呆立着。妈妈被惊动得起身，也往外探着头。她瞧见了她，脸色有片刻的轻愣，随即冲她柔柔笑开了，还不忘跟身旁的场务交代："这个女孩资质不错，我很喜欢，记得替我好好照顾她。"

轻柔的嗓音伴着淡淡的微笑，能让人恍神好久。身旁的场务错愕了片刻才醒神，连连点头应承。他慌忙地拉着她就走，额上甚至还渗着薄汗,嘴里不停地嘀咕。

唯独孤单的人,才能完美诠释出什么是笑中有泪。

"你也真是的,怎么会晃着晃着,就晃到了柳女士的休息室呢。她最讨厌别人打扰她休息的,她的休息室,除了凌睿,谁都不能进。"

小场务絮絮叨叨了很久,含曦默默地消化着他的话,凌睿……是他的名字吗?为什么只是单纯地听到这个名字,她的心都会瑟缩。一路上她恍恍惚惚,等到她醒神时,她已经来到一个大片场。

扑闪着迷惘的大眼,她有些困惑地看着眼前的场景,猛地发问:"这是在做什么?"

"试镜呀。"冲上来解释的是一脸笑盈盈的副导演,"昨天看了你的片花,连柳如烟都说希望你能演呢。"

"我可不可以不试?"含曦轻声回应。这是她最后做出的决定。她明白妈妈不希望她活得那么辛苦,可以随心随性地追逐自己的梦想,像一般同龄的孩子一样。可是那并不代表她愿意让母亲去冒险。已经隐藏了这么多年的秘密,因为她而毁于一旦,那是不可饶恕的。

只是,看着眼前一个接着一个试镜的女孩,含曦有些抑制不住自己的冲动了。不管是什么原因,但凡牵扯上了演戏,她总会控制不了自己的情绪。

轮到她上场了,是一段请求母亲同意自己去做护士的戏。在含曦的演绎下,那盈盈粉泪,那脉脉含情,积凝着的不是控诉,而是一种恳求，一种对梦想的期盼。她投入的表演让导演也愣住了，久久都忘了喊停，一直等到灯光师率先反应过来，关灭了灯光，众人才醒悟过来，一片赞叹。

可这些赞美含曦都没放在心上，她退到一旁，看到了一道关注的目光。

是妈妈，她就坐在不远处，含笑看着自己。那眼神里有认可，也有担忧。那份忧心，让含曦猛地反应过来。她不能让妈妈为难，也不能让她为了自己背负起遗忘多年的痛。

"对不起，导演，我还有事先走了。"匆忙地，含曦转头就走，甚至没有一丝留恋，这样的洒脱可羡煞了方才试镜的那些女孩。这样的演技，还有那和柳如烟形似极了的模样，可她居然还毫不在意，让人忍不住惋惜。

含曦笑了，独自一人离开。她笑着流泪，好不容易等回来的母爱，如此温暖和留恋，她不敢冒险。如此就好，做着没有负担的特殊演员，那个舞台上，她一样可以演戏。

深褐色的咖啡在杯中轻晃，含曦举杯呷了口。苦涩香浓的味道在唇齿间流淌，她皱了皱眉，放下杯子，别过头，看着窗外的车水马龙。来往路人匆忙而过，没有人知道透过这扇橱窗，咖啡馆内正演绎着的悲伤。

除了她，因为她的职业总是不断地体味各种人的悲伤。

昨天，她还是固执拒绝了那个角色。她诚恳地跟公司道歉，她再也不想去那个片场，忍受内心剧烈的冲突。好在老板丝毫没有怪罪，迅速分派给她下一个工作。

如今，耳畔是清晰的抽泣声，含曦默不作声，等待对面那对中年夫妇恢复情绪，他们在思念逝去的女儿。她甚至开始想，如果有一天，她遇上了意外，妈妈会伤心吗？应该会的吧。

"爸爸、妈妈，别哭了。"终于，含曦稳住呼吸，换上伤心欲绝的表情，劝着那对夫妇。

这声呼唤成功地让两夫妻止住哭声，猛地抬头，惊讶地望着含曦。中年男子勉强地扯出一抹笑，比哭更难看："你答应了？"

含曦点头。听完这对夫妻的哭述时，她本能地想拒绝，这次的任务太危险了，可最终还是被他们打动了。他们那样思念死去的女儿，眉宇间每一抹伤心都这样地揪人心扉。含曦不忍心拒绝这样的父母。

想了一会儿，她侧着头犹如撒娇的女儿，对着那对夫妇说："如果我查出了覃丝丝的真正死因，你们要答应我，勇敢快乐地活下去。忘记不快乐的事，让天堂的丝丝能够放心地生活。"

突兀的要求让两夫妇半晌没反应过来。

夫妻俩对视了良久，郑重地点头。他们……是愿为女儿做任何事的父母，这是真正无私的爱。

"好，那可不可以告诉我，为什么那么肯定覃丝丝不是自杀的？"含曦很不解，关于覃丝丝的新闻电视里也有放过，看似平淡无奇，只是一个女孩忍受不了寄宿制学校的压力，最终选择跳楼自杀的事件。

也许新闻里播放得太多这样的民生新闻，所以即使含曦看过这样的新闻也没有印象。一个普通的女生自杀案件，她没有感觉到任何蹊跷。可是见到了眼前这对夫妇后，听到他们的描述，那么活泼开朗的女孩子，怎么会自杀呢？含曦内心有了小小的疑问。大概这个案件还有其他的隐情吧。

"丝丝是个开朗的孩子，每次她一回来家里就好热闹。可是前不久，她有些变化，每次回来时沉闷了不少，我们很奇怪，但是问她也不说。"那个女子说着，越来越伤心。丝丝的父亲伸出手安抚她，半天她才平静了下来。她继续讲述情况，"她爸爸找她谈了一回，丝丝只说想转校，说学校里有人欺负她。可是当时我们都没当回事，以为是小孩子闹脾气。要知道那所学校可是全市最好的女校，我们也希望她能受到最好的教育。"

"这样啊……"含曦回应着，脑中思绪开始飞转，片刻后问，"那会不会真的是因为有人欺负她，才导致丝丝不堪重负，最后选择用这样的方式了结自己呢？"

"不会！"夫妻俩异口同声地否认了含曦的猜测。

声音很响，惹来不少侧目。接着，丝丝爸爸才慢慢解释："她是个孝顺孩子，不会因为那样丢下我们，就算是，也应该是欺负她的那些人太过分了，我们有权知道是谁做的。更何况，那所学校不是第一次发生这种事了，好几个女生莫名其妙地死了，背后一定隐藏着什么！"

不是第一次了吗？含曦皱眉，开始觉得不安，这么说来，那所学校可能远比她想象中的可怕。又或许真像这对夫妻说的，祥和宁静的校园中的确隐藏着一些东西。可即便如此，既然答应了，含曦就不会退缩，就算是明知道有危险她也要勇敢去尝试。

想着，含曦倏地起身，动作干练，扔下话："那我回去准备一下，明天就去那所学校报到。"

临走时，她还不忘俏皮地转身，带着女生特有的纯真笑容，冲着夫妻俩挥手："爸妈，明天见哦。"

随着含曦的推门动作，小小的咖啡馆内回荡着清脆的风铃声。夫妻俩交握着手，看着含曦渐渐消失的背影，苦涩地笑。这女孩那一颦一笑像极了丝丝，如果……丝丝没有在学校跳楼，现在也该会这样笑着和他们挥手的。所以，他们怎么都不愿相信，开朗的丝丝竟会选择那种方式结束自己的生命。

这一切绝不是意外！

要一直微笑，我们不会知道，下一个转角谁在等待。

来往的人群中，那个看起来纤瘦的背影显得格外忙碌。抓紧着每一分每一秒，含曦拨通手机，安排着所有事宜。

既然她要以覃丝丝表妹的身份去覃丝丝生前的学校念书，那现在的课程就要耽误很久了。幸亏雷蕾的工作结束了，她可以偶尔易容扮演自己，这样含曦就不会因为翘课太多而被开除了。

一切搞定，含曦耸肩笑了笑。她忽而抬头，不经意瞥见商厦外墙的大屏幕上正播放着妈妈的专访。主持人犀利地问到了柳如烟最近流传甚广的恋情，妈妈还是笑，很官方地回答，没有承认，也没否认，搪塞了过去。

含曦收回目光，方才还飞扬的心情因为那张八卦杂志上的封面照而失落了起来。叹了口气,眼风轻扫,她突然察觉到了异样,有人在跟踪她。

就在刚才,她加快了步伐,身后的那人也加快了。她停下脚步,看着大屏幕,身后的人也停下了。含曦轻蹙了一下眉,不着痕迹地用余光扫视着身后,果然有道不寻常的身影。

她抬脚,开始往人多的地方挤,脚步忽快忽慢,嘴角始终挂着自信的笑。没多久,当她转进小巷的时候,就已经感觉不到身后那个灼灼的逼视了。

"还真容易摆脱。"含曦自言自语了一句,紧了紧怀中的包包,继续往前走去。绕过转角,入目的画面却让她猛地停住了脚步。她隐到墙后,探头,窥视着。

"你就是柳如烟的新男朋友?也不怎样啊!"

"哈哈,不过如此,年龄差了那么多,你是冲着钱去的吧。"

尖锐的声音洋溢在小小巷子里,四五个人围着一个男子,一人一句地调侃着,语气里满是讽刺。

静默了片刻,一个沉稳的男声响起:"拿开你的手。"

这个声音……含曦再次探出头,努力地透过缝隙看清了那张脸,果然是凌睿!他颇为嚣张的举动挑起了那些人的怒气。那些人粗鲁地拥了上去,卷起袖子,每一拳都挥得很扎实。凌睿警惕地观察着他们的每一个举动,灵巧地避开那些攻势。可到底是一个人,敌不过对方,不知是谁忽然找来了棍子,朝他的背部击去。

一阵低沉的声响在小小的巷子里回荡,伴随着凌睿沉重的倒地声,还有口中发出的低哼声。

见他终于倒下,那堆人围着他又是踢又是打。

隔着一段距离,含曦看不清凌睿的现状,可是从不断传来的闷哼声中,她能猜到他一定伤得不轻。

含曦紧拧着眉,她可以走开的,假装没看到,照她以往的性格也一定会这么做。可是这次,她打算咬牙挺身而出,不惜惹上麻烦。

"请放开他。"

混乱间,背后响起了一个低沉略带沧桑的女声。空气中的氛围瞬间紧窒,所有人都停住了击打,愣愣地回望,包括凌睿。

映入眼帘的是一个围着头巾的女人,硕大的墨镜遮去了一大半的脸,嫣红的唇勾出淡淡的笑,虽瞧不见整张脸,可是从那张嘴,还有那熟悉的总是出现在各大媒体上的嗓音,以及优雅的举止,众人还是能判断出……这是柳如烟。

见自己的出现产生了作用,含曦轻咳了一声,继续开口:"麻烦放开他。"

声音是清冷的,这个打扮是模仿那天来自己家里的妈妈。幸好职业使然,她随身带着丝巾和墨镜;难怪以前修道院的人都说,她的嘴像极了妈妈。

"是柳如烟!"看似领头的那个男人忽然叫嚷了起来,声音很响。

那声音在这狭小的巷子里格外刺耳。

含曦透过镜片,直直地审视着凌睿。

他努力撑起身体,靠着墙,大口喘着气,脸上已经有不少淤青。望着眼前突然出现的人，他却不合时宜地轻笑了一下，微小的动作牵扯到了嘴角的伤，让他又痛得倒抽凉气，模样有些可笑，却依旧帅气逼人。不像其他人，凌睿似乎一眼就看穿了含曦的扮相，她不是柳如烟。

真正的柳如烟是冷傲的，绝不会为了他出手，更不会有如此客气的口吻。

"那现在怎么办？"

手下的人有些慌乱，为这预料之外的巧遇。

柳如烟是他们一直都崇拜的影星，他们的表情是惊讶的，瞬间又变成了惊喜。

领头的人举起手，狠狠地拍了拍身旁同伴的头，吼道："找她签名啊！"

话音刚落，刚刚还很强势的男人立刻软了下来，胡乱地在身上找着纸，最后索性伸出手臂："就签这儿吧。"

含曦愣着，这是她没想到的。一刹那的转变倒让她有些不知所措。

她颤抖着接过笔，颇为熟练地签下妈妈的名字，连笔迹都模仿得惟妙惟肖。她以为一切都结束了，却不料身旁那人又兴奋地提出了条件："放开他也可以，但是你得陪我们一起吃顿饭。"

凌睿猛地皱眉。他拼命撑起身体，挡在了含曦的面前，冷冷地开口："别太过分了。"

"关你什么事！"本来已经忽略掉他的众人，被他这么一挡，瞬间凶狠起来。

"她是我女朋友！"这样坚定的回答让含曦的心忽地一荡。他丝毫都没看出破绽，也像那些人一样把她当作了妈妈吧。

他受伤了，含曦可以断定。从他的手肘间，膝盖处，都能看见淡淡的殷红，但他却还是坚持着不愿离开。

这样执着地守护着自己的女朋友，难怪妈妈可以抛却年龄的顾忌，她一定很幸福吧。她是为了这个男人，才选择来国内发展的吗？

眼看局面又要一发不可收拾了。含曦咬了咬唇，慌了手脚。眼看那些人越来越逼近，凌睿还是不肯放弃地护在前面，甚至伸出手牢牢地握住她的手。

誓言能胜过预言吗？试了就知道。

含曦一步步地后退着，不经意地突然撞上一个人。她下意识地打了个激灵，惊讶地回头，她暗自希望不是敌人。

映入眼帘的是一双幽蓝色的眼，深邃、摄魂，微眯着眼瞧着她，目不转睛。

片刻之后，嘴角扬起弧度，像是在笑。有些长的发丝被风拨乱，却更显阴柔美，狭长的凤眼有着比女人还妩媚的神采，鼻息间呼出的气仿佛都是神秘的。

"是博睿！"又是那个跋扈的声音。那个男人晃着手，比刚才见到"柳如烟"更兴奋，满脸皆是崇拜的表情，连眉梢都是雀跃的。

"可以不要骚扰我的朋友吗？"很绅士地，那个叫博睿的男人单手护胸，冲着那群人微微弯下身子。

那些人像是受宠若惊般地立刻点头，望着博睿的眼，痴痴的表情如同被蛊惑了。

含曦不解地看着这个男人，博睿是谁？

"安全了。"简单的三个字唤回了含曦的心神。眼前的巷子已安静了，只剩他们三人。凌睿勉强撑着身子，朝着博睿感激地点头，隐隐地还能听见他因吃痛而闷哼出的声音。

来不及细想，含曦本能地一把扶住他的身体。

始终在一旁默默看着一切的博睿，闲闲的，双手斜插在裤兜里，丝毫没有想帮忙的意思，转身刚想离开，又折返了回来，高挑的身材很是俊朗。

含曦不解地抬起头，他突然将唇附上她的耳，很近的距离，她能感觉到他精致的唇间呵出的暖气。可她惊讶的却是他说出的话："小心，别丢了心，没有好结果的。"

再次抬头时，她只看见博睿的背影。他迈着稳健优雅的步伐，消失在转角处，就像出现时一样悄无声息。

一切快得让含曦觉得像做了一场梦。那句话是什么意思，是预言吗？还是提醒？她会丢心，因为眼前这个男人吗？

顺着想法，含曦的目光再次回到了凌睿身上，这才发现手中的力道不知从什么时候起沉重了好多，凌睿已经昏睡了过去，嘴角居然还带着放心的微笑。

"喂，你醒醒啊。"含曦无助地摇晃着他，明知道这个举动对于凌睿没有丝毫作用，她还是做了。

或许可以送去医院？含曦想着解决的办法，很快又自己否决掉了，除了名字，她对他没有任何的了解，去了医院甚至无法登记，也找不到人陪他，总不能把他一个人丢那儿吧。

思来想去，最后含曦只想到唯一的解决方法，那就是……带他回自己家。

轻风撩起如丝般的窗帘，凝重的幽深黑夜，没有星星，也没有月亮，黑得不见底，就像床上那人的眼睛，冷漠、纯真，更多的是难以探究的复杂。

习惯性地盘膝蜷缩在沙发上，含曦晃了晃手中的可乐，仰头饮了几口才起身。这个睡了整整一下午的家伙终于醒了，含曦感觉自己紧绷了好久的心放松了不少。

她默默地望了他一眼，跑去柜子里拿出医药箱，在床边跪坐了下来，没有多话，只轻声说："把手给我，我帮你换绷带。"

"谢谢你，我叫凌睿，你呢？"一觉睡醒的他充满了活力，他边问着，边配合地撑起身，伸出受伤的右手，眼神不安分地打量着屋子里的装饰。

"柳含曦。"含曦假装不在意地回答，可心里还是免不了胡思乱想，那么近的气息，就在自己的头顶弥漫着。控制不住地，她红了脸，手中的动作却越做越流畅。她掩饰着慌乱，一再地在心里告诉自己，不可以再看他，他是妈妈的男朋友。

"你也姓柳？"凌睿的嘴角上扬，很惊讶，打量了她一会儿。看着她渐渐惨白的脸色，他满足地笑了，"你和柳如烟真的很像。"真是个可爱的女生，让他忍不住想要逗她。

"是吗？很多人都这么说。"含曦说得含糊，没有太多情绪。既然妈妈在他面前隐藏掉了她的存在，那她也只能帮着隐瞒。

这样有一句没一句的交谈持续了没多久，含曦很快就替他换好了所有绷带，他尝试着跨下床，脚步虽然有些艰难，但还算好，至少行动自如。

凌睿开始不安分地在房子里走来走去，这伤并没给带来多少困扰，他开心地笑了。这样灿烂的笑容让含曦看得有些恍惚，好刺眼，像个孩子一样纯洁的笑。

他比例极好的身段，白皙的皮肤，衬得五官更分明。那双黑瞳很有神，像漩涡般让人不敢深看，仿佛下一秒就能将人卷了进去。看着看着，含曦的心沉沦了，就这样不自觉地恍惚了起来，怎么都移不开目光。

"你一个人住？"直到他转头，自然地问。

含曦点头，收回视线，尴尬地左右张望。这模样又让凌睿笑了起来，耸了耸肩，他突然走到含曦身边，逼视着她，还是笑，那笑意是直达眼底的。一动不动他看着眼前这个女孩慌张地避开他的目光。

明显的逃避让他的心有些无端地不舒服，他坏坏地笑着，他慢慢向前倾身，将彼此的距离拉得越来越近。最后，只要再一下，两人之间就没有间隙了，他已经能清晰地嗅到她身上好闻的馨香。

避不开了，含曦索性勇敢地迎上他的目光，不解他究竟想做什么。可是她的心告诉自己，不管是什么都尝试着去面对。

"饿吗？"眼看着，就快要吻上她的唇了。凌睿突然打住，抛出一个大煞风景的问题，见含曦一愣，绯红的脸颊很是尴尬。他便抬手很自然地揉上她的发，"我煮东西给你吃。"

"啊？哦……"这是含曦唯一能给出的回答了。她傻傻地看着他转身往厨房走去，被他扰乱的心依旧没见平静。

含曦怪自己不争气，明明知道他的身份，怎么还可以有这种想法。

真是个古怪的人！这是含曦对凌睿唯一的定义了。他是妈妈的男朋友不是吗，可自己对他来说是陌生的啊，他怎么在一个陌生女孩的家里为所欲为。

妈妈的男朋友……思绪中突然跳出的词，让含曦懊恼地闭上眼睛。

是啊，她怎么可以忘记，眼前的男孩不是一般人，他是她母亲所爱的人，是她无论如何都不可以去妄想的人，她不能让自己跟妈妈之间好不容易缓和的关系因为他而陷入僵局。

· IS YOU GIVE ME ·
· THE BEAUTIFUL BUBBLES ·

是缘分,是巧合
又或是冥冥中的宿命

第四章

有时候明知不该，
还是会情不自禁，
因为我们都只是凡人。
· IS YOU GIVE ME THE BEAUTIFUL BUBBLES ·

在厨房忙了好一阵，凌睿熟练地烹调着美食，视线还不住地往外瞥。看含曦始终靠在墙边，安静地陪着他。无端地，凌睿忽然觉得心底暖暖的。

这种感觉……就好像家，在温暖的灯光下，有个人一直陪伴着自己，等待着自己，不管多疲累，总有个地方可以靠。孤单了那么多年，这种感觉对于凌睿来说是难得的，他冲含曦会心一笑。

仅仅只是一个笑容，含曦从恍惚中清醒过来，她这才发现自己竟然盯着他看傻了。

反应过来后，含曦转身逃离，心跳还在不断加快。

她不明白，怎么会有男人连做饭都那么好看。

一会儿，凌睿端着东西出了厨房。

"好吃吗？"凌睿一直没动眼前的食物，交叉着双手，看对面的含曦不顾形象地猛吃一气。他心里觉得很满足，这还是第一回有人这么迫不及待地品尝着他亲手煮出的食物。见她点了点头，他调皮地眨了眨眼。

他体贴地伸出手，为她拿走颊边不小心沾上的饭粒。温润的触感由指尖直窜入心底。凌睿怔愣了片刻，他痴神地望着自己的手指，良久，莫名地傻笑起来。

真好，凌睿忽然觉得不那么孤单了。

含曦翻了翻白眼，懒得去研究他心里究竟在想什么。撇开下午那个博睿不说，这家伙绝对是她见过最莫名其妙的人。

"为什么总喜欢这样坐着？"凌睿有些不满地皱眉，对于含曦的坐姿很是好奇。刚才在沙发上，现在连吃饭都是，她总喜欢盘着膝盖，蜷缩着。

"习惯了。"咽下口中的食物，含曦回了句，不想说太多。

的确是从小就养成的习惯，她与修道院的孩子总没有太多话题，大家都不太理她。久了，她就喜欢一个人这样蜷缩在角落，看着九岁那年目送妈妈离开的那扇窗。这样缩成一团，会让她觉得很有安全感。

"我也一个人住，以后经常来煮饭给你吃。"

凌睿丢下这句类似承诺的话，不再开口。

一直到解决完晚餐，两人之间有些尴尬的氛围终于有些缓和。

凌睿坚决地仰着头，死赖在床上不肯动。

"你理智点好不好，我这里只有一张床啊，怎么收留你啊！"含曦无力地解释着，这句话从刚才开始，她已经说了不下数十遍了,可惜凌睿压根就没听见似的。

"我受伤了,没办法回家。"他说得很理直气壮。

"少来了,不要无病呻吟。"含曦很不客气地将手中的抱枕朝他扔了过去,惹来他一阵鬼哭狼嚎。

这声音太假,含曦压根不信。刚才还能活动自如的人,居然连抱枕的冲力都承受不了。

"我哪有无病呻吟啊!我给你煮了饭,借住一晚总可以吧,大不了我睡沙发就好了。"说着,凌睿终于离开床,跛着脚,装作很艰难地走向沙发,大大咧咧地坐下后,再也没有要离开的意思了。

"什么叫大不了,哪有让女孩子睡沙发的道理!"含曦感觉自己快被他气炸了,"我可以叫车送你回家。"

她必须坚持,凌睿太捉摸不定,那股始终流窜在他们之间的暧昧气氛让她惶恐。她怕自己会越来越控制不住心里那种呼之欲出的想法。

"你有没有同情心啊,你看我的伤,半夜要是伤口恶化,连个救命的人都没有,多凄惨啊。"

伤口恶化……含曦感觉到自己的脸在抽搐,这家伙以为自己受了多严重的伤吗?这可是她亲自为他打理的伤口,怎么看都只是些不碍事的皮外伤,休养几天消肿了就好。还恶化咧,他是不是想得太多了。

"睡吧。"

没有给含曦再次反驳的机会，房间忽然暗了，只有淡淡的月光洒了进来。凌睿关了灯，再也没造次，只是安分地盘踞在沙发上，看起来像是真的累了。

含曦唯有在黑暗中茫然地眨着眼，搞不懂两人到底是什么状况，一切变得好奇怪！原来还想和他理论两句，可含曦看到凌睿那疲倦的模样，忽然有些不忍了，只好偃旗息鼓，认命地往一旁的床上爬去。

今晚的风仿佛都特别柔和，缓缓地吹来，含曦感觉睡意来袭。

"柳含曦，你睡了吗？"

"嗯。"含曦能清晰地听到凌睿的声音传来，她翻了个身，哼了一句，完全没有想要搭理他的意思。

黑暗中传来一道轻笑声，只见凌睿睁大眼看着天花板，独自想着心事，识趣地不再打扰含曦。

他有些搞不懂自己的想法，明明这个时辰是可以回去的，可是自己却忍不住非要赖在这里？按他以前的性格，是不喜欢跟女人亲近的。

可是这个只见过几次面的女孩似乎不同。从第一眼在教堂见到她，那一身纯白的礼服，甜蜜的笑颜，就让他开始移不开目光了。当得知她只是扮演新娘的演员后，他说不清自己的感觉，似乎是庆幸。

"睡吧，不要想逃避，说不定我们很快就会碰上的。"

沉声低语了一句，凌睿也闭上眼睡下了。他是含笑入梦的，虽然不清楚原因,可是他能感觉到含曦在躲着他,可是她注定逃不掉。

谁让他们有同样的兼职,而且还接了同样的工作呢。

清晨,含曦起得很早,轻声梳洗后,就拿起包准备出门了。她忍不住看了一眼沙发上的那张睡颜,熟睡的他比清醒时更帅气了。本来是看他重伤昏迷,又不清楚他的住址,含曦无奈之下只好将他带回自己的家。却没想到,这样的做法让自己的心更加乱了。只是这次遇见的他很开朗,跟第一次在婚礼上见到时的冷漠做派完全不同。

含曦清晰地感觉到,自己对这个神秘的大男孩怀有莫名的好感。但是含曦觉得必须要赶紧斩断这刚萌芽的情意。用力地深呼吸后,她关上门。从今天起,她是高中二年级女生——覃丝丝的妹妹,需要住校。下次,当她以含曦的身份再次开启这扇门时,他只是错过了的陌生人了,而关于那句"以后经常来煮饭给你吃"的话,恐怕永远都不会有实现的一天了。

一切都会好的。含曦想着,换上笑脸,打起精神,准备迎接这份新的工作,忘记该忘记的。

真相,都是被隐藏在华丽下的丑陋。

教堂式的校园被青绿的爬山虎包裹着,更显神秘,弥漫着浓浓的古老气息。这是一所拥有百年历史的女校,在本市乃至全国都有极高的声誉。学校很大,穿过长长的林荫道,面前是做礼拜用的教堂。

含曦顿住脚步，仰头看着，朱红色的斑驳墙面让她生出了阵阵亲切感，这里跟她从小生活过的修道院好像。

闭上眼，含曦仿佛还能听见耳边孩子们的笑声，看见蓝修女亲切和蔼的笑容。

这里……更像她和凌睿第一次相遇的教堂。

"柳含曦，怎么了？"问话的是老师，含曦即将插入的这个系的负责老师。

老师姓邹，有着很严肃的容颜，一副大大的眼镜戴上去之后，让她看起来更显刻板。

闻声，含曦转头甜甜地笑，摇着头，纯真得就像只有十七岁的高二女生。

"只是觉得这个教堂好漂亮。"

"是吗？"敷衍地回了一句，邹老师又往前走了起来，这次脚步加快了些许，显得很匆忙。直到步入教学楼，远远地将那个教堂抛在了身后，她才说，"没事的话，不要一个人去教堂。"

严肃的语气像一种警告，让柳含曦眼中利光一闪。不能去的教堂？会跟覃丝丝的死有关吗？

"那个教堂……"含曦眨着眼，仰头看着前头的老师，问得很轻。她柔弱的外表，让人无端地生出怜惜之心，不忍拒绝她的请求。

老师转过头，终于露出第一个笑容："那是做礼拜的地方，偶尔也会被当作音乐教室使用。"

"谢谢老师。"含曦客气地鞠躬,抿了抿唇角,微笑着不动声色。

对于这个老师的笑容,她实在不想表达任何意见,难怪她不爱笑。那样的笑容非但没有亲切感,反而森冷得让人难受。独自回头,透过楼梯处的格子窗,她又一次望向教堂的方向,被爬山虎紧紧包围住的它更显骇人。她这样居高临下地看着才发现,教堂四周竟有无数的十字架,多到让人瞠目。

一道如鸟似的黑影没有预期地掠过,含曦抑制不住地惊喊了一声。

她稳住呼吸后再次望去,阳光下的教堂依旧孤单地伫立着。

"怎么了?"老师担忧的询问声突兀地从头顶飘来。

这让含曦又是一阵惊颤,只顾得上傻傻地摇头。她开始肯定了自己最初的想法,这个工作果然是危险的。

午后,她结束了一上午紧密的课程,耳畔皆是同学们的抱怨声。白花花的阳光透窗而入,照在身上暖暖的。

含曦靠在墙上,正考虑着该从哪里着手。

这是她第一次接触女校的学生,经过早晨老师的介绍,也算是有了初步的了解。那些女孩看起来都很亲切,没有丝毫的诡异,这反让她更觉困惑。覃丝丝是在学校出事的,无疑这些她曾经的同学是最了解她的。

"柳含曦你好,我叫秦梦卿,一起吃午饭吗?"

正当含曦望着窗外出神地独自思忖时,一道格外好听的娇嫩的声音在她耳边响起。

含曦应声转头,女孩眨着眼笑着。身后有不少同班的同学尾随着,静候着她的回答。

含曦歪着头,打量着眼前这个女孩。女孩很漂亮,扑闪的睫毛长长的,将黑瞳修饰得更显水灵,粉嫩的脸颊沁水般舒服,尤其是那个笑容……让含曦想到了达·芬奇笔下的蒙娜丽莎。

可是,完美无瑕到太不寻常。

"好呀。"收回思绪后,含曦甜笑着点头。

随即,她立刻收拾东西,亲昵地挽起秦梦卿的手,往教室外走去。蹦跳的步伐显示着她的雀跃,宛如一个初入高中天真无邪的新生一般。

从踏进教室起,每一次课间,含曦都能见到很多同学围着秦梦卿。这么说来,秦梦卿该是这个班的核心,她需要亲近这样的人,方便她调查丝丝的事。

"我可以叫你含曦吗?"秦梦卿一直微笑,转头看着活泼的含曦,试探性地问。见含曦毫不犹豫地点头,她笑得更是灿烂,"我是这个班的班长,也是你那个舍区的宿舍长。以后你要是有事,可以随时来找我哦,你叫我梦卿就好。"

"好啊,谢谢梦卿。"含曦很客气地说,保持着不远不近的距离。但她却有些难以自制地沉溺在秦梦卿的笑容中,这个笑容太美,让她有些屏息。

"以后我们就是朋友了哦。"

秦梦卿也跟着开心起来,冲着身后尾随着的四五个同学宣布着。大伙也都含笑点头,对含曦的出现倒是显得分外欢迎。

到了饭厅已经晚了，没了座位，大家正犯愁。忽然，角落里的女生站了起来，很殷切地冲着她们挥手招呼，让出座位。

秦梦卿牵着含曦的手，领着大家，毫不客气地坐下了。

含曦困惑地看着那个女孩，却正对上一双有些愤恨的眼。她还没来得及去深究清楚那眼底折射出的敌意，女孩就讪讪地端着吃到一半的饭离开了。

"她是……"忍不住，含曦好奇地问，明明都没吃完，为什么要让出座位。

"她叫杜薇薇，一直都这样内向的，是其他班的，不过以后她可是你的室友哦。"

室友？！含曦有些不舒服地皱眉，下意识地，她有些受不了太过阴郁的人。这种人叫人背脊禁不住凉气飕飕，这样的室友究竟是好还是坏，会不会对她有所帮助呢？

"对了。"趁着甚好的气氛，含曦决定问出憋了许久的问题，"那个，为什么老师不准我一个人去教堂，教堂附近为什么会有那么多的十字架？"

刚才还活跃的氛围瞬间凝结，所有人像是僵住了一般，面面相觑，就是没人回答。

我们永远都不知道等待着的真相是什么，只有孜孜不倦地去探求。

"因为……要追悼亡灵。"

最终给含曦解释的人是秦梦卿。她说得很轻声，眉宇间有一抹淡淡的哀伤，是不符合这个年纪的。

即便在大学校园里生活了三年的含曦，也很少在同学的脸上见到这样的表情，那么沉重，却又平静。

很快地，秦梦卿又扫去了阴霾，冲着含曦笑开了："还是听老师的话，不要去那里的好。"

"追悼谁的亡灵？"不死心地，含曦继续追问，她隐约觉得答案有些呼之欲出了。

又一阵静默，这回开口的是另一个女生，娇小的个子，像个洋娃娃。她惨白着脸色，眼里满是惊恐，回答得断断续续："好多人……所有在学校死去的人……十年间这里死了五个……"

"安宁，没事了。"秦梦卿像个大姐姐般，适时地给出安慰，揉了揉她的发，"那些人全都安葬在教堂附近，所以千万不要去碰那些十字架，听说会被亡灵诅咒的。"

最后，秦梦卿正经严肃地对含曦警告着，却让含曦禁不住在心底嗤笑开了。诅咒吗？她从来不信这些东西，那本来就是骗小女生的传言而已。很多事都是人为的，含曦想，也许她该去那个教堂看看。或者打电话让雷蕾帮忙查查这十年间死去的人，可能会有所突破吧。

这一刻，含曦才发现，有雷蕾真好。

"放心吧，我最怕那些东西了，才不会去呢。"说着，含曦换上怯弱的表情，颤着声，看似神情恍惚。

闻言，秦梦卿点点头，继续吃饭，眼神却总有意无意地瞥向含曦，柔柔的，就像在观赏一件上好的艺术品，又像是充满了棋逢对手的快感。

夕阳渐落，空气里逐渐弥漫着慵懒的气息，还有木头稀松的腐烂气味，说不上的怪异感。这所学校以历史悠久著称，无论是教学楼还是宿舍，都还保留着原来的模样。地板、楼梯都是木质的，踩上去有时还会"咯吱"作响。

越是古老的东西，越是神秘。这里的每一处仿佛都透着值得人深思的秘密。

含曦还是习惯性地蜷缩在床角，翻着学校的地图和简介，那个传说中的室友至今还没回来。这倒让她有些许的放松，演了一天的戏了，好歹也需要透口气，放松一下。

正研究着，手机突然响了起来，静谧中骤然响起的音乐声让含曦猛地一惊。睨了一眼来电显示，她放松地笑开了，这大概是这一天来最真的笑容了。

"怎么了？"

"慰问一下你嘛！还习惯吗，有没有人欺负你？"

手机那头是雷蕾一贯吵闹的声音，在今天的含曦听来却特别亲切。

"你觉得呢？"

"也是，要欺负你还真不容易。"雷蕾定下总结，寒暄完后才聊入正题，"你让我查的事，我让新闻系的学长帮忙了，电话里说怕你那边不太方便，我发短信给你。那所学校真的很危险，你自己一定要小心些！"

"好。"没有多说，含曦爽快地应了一声，挂了电话。

等待的时间她径自沉思起来。危险又怎样？从她选择做这个职业时，就已经知道了随时会面临的危险。虽然老板从来不会勉强他们接不喜欢的任务，可是含曦很少拒绝委托人。因为每个人都是带着希望来的，含曦知道自己未必能帮到每一个人，但她仍然不想看到别人失望的神情。

当然，也因为，演员是她的兴趣所在，是她离妈妈更近一些的唯一途径。

没多久就传来短信的声音，含曦迅速地打开手机，屏息看起来。一条条信息入眼，让她觉得连这屋子里的空气都是冷到叫人发颤的。

雷蕾调查出的结果非常详细，短信里说："第一个是在十年前，一个女孩掉入湖里溺亡；第二个是七年前，有个系的见习老师跌落楼梯摔死；五年前，一个女孩在湖里溺亡；一年前，一个女孩在湖边上吊而亡；最后就是覃丝丝，从高空坠楼而亡……这些事故，最后都定性为自杀。"

这一连串的死亡事件背后仿佛都透着不寻常，覃丝丝父母的怀疑不是没有理由的。依照雷蕾给出的信息，当时的报纸上、电台上都有报道过这些事件，那些死者的家人也都异口同声地咬定自己的女儿开朗活泼，绝不会自杀。

"十年间死了五个，三个在湖边……"含曦审视起了手中的学校地图，找着湖的具体位置，不自觉地呢喃出声。

她被突然响起的开门声惊住，赶紧闭上嘴，整理了一下思绪，静静等着门外的人进来。

果然，没多久杜薇薇就抱着画板，一脸疲惫地进来了。

"你好呀。"含曦起身将手机藏于背后，熟练地操纵着键盘，凭感觉删除了信息。带着笑，她主动问候着，怎么说都是要相处一段时间的室友。

她可不希望永远在中午的那种低气压中生存。可惜，对方并不领情。

杜薇薇小心翼翼地放下画板，猛地推开含曦，吼道："走开，我不想跟你说话，也不希望有别的人闯入这间宿舍！"

含曦被推得一个不稳，跌在床上。

含曦没有出声，暗暗地打量着杜薇薇的神情，充血的眼很是骇人，仿佛这间宿舍是属于她的私有物般，或者，更适合的说法是，这是她的世界。

含曦能体会这种感受，她的世界也曾经不希望有任何人侵入。

突然，她记起放学后，秦梦卿带着自己回宿舍时说了，这里原来是覃丝丝的房间。丝丝的死会跟这个极力排斥陌生人闯入的女孩有关吗？

窥探得太过入神，等到含曦反应过来后，正对上杜薇薇的眼，同样的窥视让她心底一惊。随即，她便镇定自若地收回目光，有些委屈地扁了扁嘴。

她起身咕哝了一句："那我不打扰你，我出去逛逛，等你睡了我再回来。"

不需要自欺欺人，当重遇的时候，欣喜会将你瞬间淹没。

借着昏黄的路灯,含曦辨认着方向,总算是找到了那面湖。湖面被荷叶铺满,树影憧憧交错,她不自觉紧张地吞了吞口水。

稳住呼吸后,含曦还是决定继续往前深入。这里死了三个人了,或许会隐藏着什么。

四周很静,有微弱的蝉鸣,一切看似很寻常。阵阵凉风袭来,让湖水漾开层层涟漪。湖后是幽深的树林,不算太大,可在这黑幕映衬下,像是能吞噬这一切。

这面湖应该很深,也许是考虑到景观上的和谐,没有任何的防护措施。岸边的泥土有些松软,确实不能排除有人会失足跌落的可能。可是若换作上吊的话,就很难做出合理的解释了。

含曦蹲着身,查探地上的泥土,脑中不断地浮现出各种设想。怎么也无法把罪名归咎到那些无邪烂漫的女孩身上,她们的笑如果都是伪装出来的,那就太可怕了。

她想得正投入,一阵哀鸣划破静寂。

含曦警觉地抬起头,可还没来得及分辨出那道类似鸟鸣的声音,黑影便倏地朝她袭来。她本能地伸手去挡,身体往后倾,避让着。

眼见就要跌入湖中,没料却落入一个颇为厚实的怀中,怀里的温暖唤醒了她压抑良久的记忆,这种感觉似曾相识。

"没事吧?"询问声从身后飘来,低沉的,却带着浓烈的担心,没多久又径自抱怨开了,"都已经知道这里的泥土容易让人脚底打滑,干吗不早点离开。"

是男孩的声音!含曦如遭电击,一震,猛回头。身后的人穿着校服,身材却魁梧得不成比例,偏偏乌黑长发下的那张脸尤为好看,甚至胜过真正的女孩。眼角微挑,说不出的妩媚。

抑制不住地,含曦大笑出声,准确无误地认出了对方的真实身份。笑了半天,又被他这身打扮惊到了。

"你为什么要穿成这样,好……好好笑……哈哈哈哈……"

"再笑我就推你下去!"凌睿不再刻意装细嗓音,憋了一天,着实难受。他不自然地拉扯着身上的衣服,无疑,含曦肆无忌惮的笑声更让他觉得难受。他瞪大眼警告她,表情里却不见丝毫的威胁成分。

没隔多久,他竟陪着含曦一起笑开了。虽然早知道会在这里碰见她,可真正遇见的时候,他还是觉得分外开心。

"为什么你会来这里?这里是女校啊!"笑久了,连气都快岔了,含曦才收敛了几分,正经了起来。

凌睿没急着回答,只警惕地望了一眼四周,拉起她就走:"先离开这里再说,这里的乌鸦太不安分。"

说着,他大步跨着,瞧见不远处路过的同学投来的惊讶目光,才稍稍放小步伐。这模样又把含曦逗笑了,方才的害怕也瞬间一扫而空。看着那道背影,没来由地,她觉得心底一暖。这次的工作哪怕再危险,她都不再害怕了。

是因为有他吗?

一直走了很久,到了平日白天都鲜有人光顾的角落花园后,凌睿才停住脚步,拉着含曦在一旁的长凳上入座,发泄似的脱下外套,死命瞪着。

这该死的装扮，可把他折腾死了。如果不是老板那句"我派去的女孩可能有危险，你去帮一下忙，她叫柳含曦"，打死他也不会接这次的工作。

"以后别一个人去湖边，太危险了。"

那么清晰可辨的关心让含曦心头一暖，她笑着看向凌睿。本以为不见面就可以切断联系，没想到还是再次相遇。

在这样的忧心忡忡下，含曦的情绪一下子低落了下来。

"那你为什么要去那儿？"

"还不是跟你一样，接了工作呗。"凌睿看着含曦，越想越觉得不爽，为什么同样的校服穿在她身上就那么协调，"早知道扮女生那么难受，我就该推掉的。"

"你是同行！"含曦惊呼出声。

当真是被这消息震到了，她设想过无数的可能，偏偏没想到他们竟是同行。

凌睿顽皮地睨了一眼惊到合不拢嘴的她，眨眨眼，轻弹了一下她的鼻子，很是宠溺："是啊，不然我怎么可能去那婚礼，婚礼上我一个人都不认识。不然，我怎么可能成了柳如烟的男朋友，拜托，我们年龄相差好多，压根扯不上关系。"

"可是那天在休息室外，我明明听到你说爱她……"

"笨，那是在帮阿姨背台词！"凌睿毫不客气地赏了她一记栗暴。

"你不是妈妈的男朋友！"含曦揉着头，失声喊道，有些忘了场合。她清楚地感觉到自己心里涌起的轻松和畅快，仿佛被堵了许久的地方，终于打通了。

"妈妈？"她吼得那么大声，很难让人忽略掉话里的每一个字。凌睿皱起眉，望向她，终于明了几分。难怪她也姓柳，和柳如烟还长得如此神似，就连签名语气都模仿得这么相像。原来这么回事，开始他还以为只是职业习惯呢。

意识到自己说错了话，可惜为时已晚，含曦也无意跟眼前这个男孩隐瞒，她暗淡着眼神轻点了一下头。模样很是惹人怜爱，凌睿伸出手，搂了搂她的肩。

对于她的这抹哀伤，他能感同身受，柳如烟从来都没承认过自己有女儿。这么说来，她也和自己一样，是个见不得光的人。

好在含曦比他幸福，她至少知道自己的妈妈是谁。而他，从小就不知道父母究竟是谁，为什么要扔下他。

"没事了，至少你还能生活在妈妈身边。"凌睿尝试着安慰她，笨拙的，手足无措。他可是从来没有安慰过女孩子，就算有，也是为了工作。可是面对含曦，他不想有丝毫的伪装。

"我本来就没事！虽然妈妈从小就不在身边，可是修道院的修女们都对我很好，而且……现在妈妈回来了，一切都好了！"含曦仰起头，倔强地回应，这些年她早就习惯了。只是第一次能在外人面前承认自己是柳如烟的女儿，而对方也全然相信，她免不了有些感动。忽然她又忆起了更重要的事，"那妈妈为什么要你假扮男朋友？"

"我只能说是为了隐藏她和一个高官之间的恋情。"

"是谁？"

面对含曦急切的追问，凌睿能理解，可他却无法说，只好皱了皱鼻子，不满地瞪视着身旁的女孩："喂，我是有职业道德的！"

"哼……"含曦赌气似的别过头，也不再为难凌睿，她很明白这个行业的规矩，不能随意透露委托人的信息。

"好了，好了，顶多明天请你吃午饭。"

"我舍身继续扮女装陪你一起调查。"

"工作完了，带你出去玩。"

……

凌睿试图不断地用其他方法哄着含曦，那种熟悉感就像天生的一样，仿佛他们注定是要在一起的，却无端错过了很多年。

入夜的花园里，在凌睿不遗余力的游说下，含曦再一次放声轻松地笑了。

清脆的笑声回荡着，就像彼此心头都萦绕着的那种感觉一样弥漫不散。

有时候，喜欢上一个地方，只是因为一个人。

有了凌睿的介入，本来混沌不堪的事虽然依旧模糊，可含曦却觉得轻松了不少。有时，她甚至会忍不住幻想，如果一切都是真的，她只是个平凡的大一女生，谈着寻常的恋爱，爱着寻常的人，满足于小小的幸福，这样该多好。

校园里，他们开始形影不离，为了查探覃丝丝的事，他们总是一起出现在各种场合，每天似乎有聊不完的话题。含曦终于明白，原来婚礼上那个冷漠的凌睿只是为了演戏。最近的他给人的感觉是随和的，他开始熟络地叫她"含曦"，没事就爱玩她的头发，甚至偶尔会自然地搭着她的肩。这些不经意的小动作在女校里司空见惯，可是含曦却清楚，凌睿是男生。所以每当他体贴地为她披上外套，替她吃掉她不爱吃的东西时，她总抑制不住心跳，她知道自己没药救了。贪心的她只是希望这样迷恋片刻也好，就算跨出这个学校，等到所有事结束后他们不再有任何关联，拥有这样的回忆也好。

就是在这样懵懂和不知不觉间，有种甜蜜的情愫正在滋长。即便他们谁都没有说开，可它已经落了地，生了根，烙印得越来越深。

通过含曦的介绍，凌睿和秦梦卿也渐渐熟悉了，他们常一起聊天。借着覃丝丝妹妹的身份，含曦可以如同一个好奇的小女生，带着仰慕姐姐的眼神，从秦梦卿口中知道不少关于覃丝丝的事。

秦梦卿在这所学校有独特的人气，很多人都喜欢她，有她在的地方总是围着好多人。尤其是午餐时间，气氛总是格外热闹。

就像此刻，安宁正使出浑身解数缠着秦梦卿："梦卿，求求你了，就当帮我嘛。"

"可是我好久没演话剧了……"说这话时，秦梦卿的眼神有些闪烁。

周围也忽然陷入了沉默，像是都忆起了什么事般。这异常的气氛让含曦和凌睿警觉地相视一眼，有种默契在两人间流动。

凌睿故作不经意地笑了一声，插入话题："我也想看你演话剧，很久没演了可以排练啊，离校园庆典不是还有段时间嘛。"

"是呀,如果梦卿能演的话,我们这次一定轰动,就像以前一样……"

"别提以前。"安宁忽然一改柔顺,厉声制止了别人的议论。她看着秦梦卿,眼神中闪过一丝惊恐,好像以前曾经发生过一件非常可怕的事情。

出乎众人的意料,秦梦卿居然点头了,冲着凌睿笑得灿烂:"好呀,我演!凌睿,你和含曦记得来看哦。"

凌睿的表情变得有些尴尬,愣愣地点着头,含曦斜着眼睛看着他,不怀好意地笑。

为了即将要举行的校园庆典,安宁求了秦梦卿好几天了,都没什么结果,一直被秦梦卿委婉拒绝。没想到,凌睿才一开口,秦梦卿就像被蛊惑般地答应了。这其中透出的原因不需要太明了,含曦能猜到,秦梦卿最近很黏凌睿,甚至让人觉得有些不自在。

正对上含曦调侃的眼神,凌睿瞪了她一眼,不甘地别过头。说不清为什么,他总觉得想看见含曦难受的表情,想从中寻找到一丝她对自己非同一般的在乎,只可惜,似乎什么都没有。

顺了一口气,凌睿知道有些事急不来,尤其是含曦这样缺乏安全感的女孩。

他不也是慢慢才终于正视了自己的心吗?他喜欢她,就这么简单,而事实他也能感觉到,她对他也并非只是朋友那么简单。

再次和含曦对视时,两人都理智地埋葬了那些不合时宜的暧昧,两人都很想知道,为什么这些女孩对以前的事那么忌讳,究竟以前发生了什么事?

话剧社里难得的安静，大家都还没有来。为了筹办校园庆典的话剧表演也都累了好些天了，含曦有空就会带着凌睿来帮忙，总是像现在这样，趁空拉着秦梦卿闲聊。

秦梦卿忽地起身，缠住凌睿，撒娇道："马上要演出了，我试装给你看好不好？"

"哦……好……"凌睿答得有些不自然。

他眼神控制不住地瞥向含曦，最近的秦梦卿对他特别亲近。好几次，他想避都避不开，就算明知道是工作，他还是会不经意地在乎起含曦的想法。

可那丫头每次都像没事似的，自顾自地退到一旁看着戏。她的心思，他一直都猜测不清，游移着，若有似无的暧昧。

"梦卿，梦卿！"还没等秦梦卿走进更衣室，外头就一阵喧闹。

伴随着急促的脚步声，一堆人涌了进来。

含曦疑惑着，和凌睿面面相觑，都暗自祈祷着，别又有谁出事了。幸好，社员们的回答让含曦松了口气："杜薇薇生病了，四凤的角色她可能演不了了。"

"生病！"秦梦卿顿住脚步，秀眉轻皱，被这突如其来的消息弄得有些乱了方寸。再过一个星期就要公演了，《雷雨》这出剧没有一定的练习和基础本来就是诠释不出的，何况还是四凤这么重要的角色，也难怪她会急成这样。

含曦待在一旁，悠闲地晃着腿看向窗外，乐得置身事外。

"没关系，让含曦来演。"没多久，秦梦卿就下了决定。她温柔的嗓音，大方的笑容，足够压住阵脚。

"可是……我不会和她搭戏啊……"饰演周萍的女孩垂着头，有些抗拒。

"那就让凌睿演周萍，她和凌睿认识那么久，有默契。你最近也累了，休息一下吧。"秦梦卿依旧果断，其他人纵有再多意见，也在秦梦卿温婉的笑容下，也不好意思再反驳。

倒是含曦本能地推说："我不行，都没演过话剧。"

说着，她下意识地凝视着凌睿，希望他帮忙游说。她这身份压根不适合太露锋芒，可偏偏一牵扯上演戏的事，她就会控制不住地铆足劲上。还有他，要是扮演起周萍，那身份不就露馅了！

无奈，这只是含曦一个人的担忧，凌睿只是笑着冲她耸耸肩，一副恶作剧的表情。

原是想继续推辞的，可秦梦卿抛出的话让含曦立刻改变了主意，重新审视起这个女孩。

"你可以的，每次我们排练的时候，我都能看见你眼睛发亮，我相信，你演起来一定很棒。"

这么微小的细节，就连凌睿都忽视了，可秦梦卿却看在眼里，这让凌睿猛地锁眉，无声关注起了秦梦卿。

催促下，含曦还赶鸭子上架，穿上了四凤的戏服。她歪着头，斜坐在舞台边，剧本在她手中就像玩具似的，被随意敲打着，却始终没有多看一眼。

"哇，凌睿穿上周萍的衣服后，好像真的男生哦。"

"是啊，凌睿身材高挑，扮演周萍再适合不过了。"

一声声议论传来，凌睿莞尔，一副女孩才有的绝美笑容，细声接了一句："说一个货真价实的女孩长得像男生，这可不算夸奖哦。"

"她们开玩笑的，只是没有见过有人可以忽而美艳，忽而又帅气的。"听凌睿的口气，似乎隐含着一些怒气，秦梦卿赶忙打起圆场。

含曦苦笑地望着眼前这一幕，不知道该说这些女生笨，还是凌睿的演技太好。明明穿上周萍的衣服后，一眼就能瞧出凌睿是个男生，她们居然都还浑然未觉。尤其是……秦梦卿看凌睿的眼神让含曦觉得心里很不舒服，甚至觉得背脊凉飕飕的。

在秦梦卿的指挥下，大家很快就各就各位开始排戏了。

· IS YOU GIVE ME ·
· THE BEAUTIFUL BUBBLES ·

是缘分，是巧合
又或是冥冥中的宿命

第五章

爱情，
是历经流年的寻常，
更是风雨中的依赖。

· IS YOU GIVE ME THE BEAUTIFUL BUBBLES ·

　　含曦的目光凝聚在舞台上的凌睿身上，此刻他文绉绉的模样有别于以往含曦对他的印象。她一直觉得凌睿是个随和温柔的人，现在看来，他和自己一样，一旦站上舞台，就唯有演绎着的那个身份，甚至可以抛却自我。

　　整个排练场很静。大家都注视着舞台上的那一幕，繁漪疯了，她爱上了继子，可她爱着的男人却觅到了属于自己的世界，决定弃她而去了。

　　这样不伦的爱被秦梦卿表演得淋漓尽致，是痛，是嗔，是挣扎。再加上凌睿完美的配合，烘托，效果更胜从前。秦梦卿不断颠覆着自己的形象，含曦开始怀疑起这个看似单纯的女孩，以及她那道总是像极了蒙娜丽莎的笑容，美得不真实，说不出的诡异。

　　"含曦，到你了。"凌睿的叫声传来，他拂着身上的灰色长袍，觉得自己这模样新鲜极了。

含曦点了点头，将剧本随意放置在地上，跃上舞台。这一刻，于她而言，自己就是四凤，一个抑制不住自己，爱上了哥哥的女孩。柳含曦，覃丝丝的妹妹，这些身份都在刹那间离她远去。

他们排演的是最后一幕，窗外雷雨交加，真相显露在眼前。她自以为刻骨铭心的爱，不仅不被家人祝福，甚至不被社会认同，那是不伦的。

含曦看着眼前的凌睿，这个她想爱却不能爱的男人，还是一如当初见面时的完美，却变了身份。唯有死才能救赎她的爱，所以，四凤选择了死。而周萍选择了四凤，摒弃了所有的道德礼教，最后他们选择了一起灭亡，在华丽紊乱的人生舞台上陨落。

"天啊，他俩简直就像真的情侣！"

"含曦和凌睿都没怎么看过剧本，居然可以演得那么真，连台词都一句不差。"

周围响起阵阵惊诧的议论声，还有秦梦卿忘情的掌声。她扬笑，看着舞台，用力鼓掌，心底却慢慢地涌起唯有自己才明白的复杂思绪。

"砰"的一声传来，低沉的声音回荡在排练室里，门被踢开，惊扰了一室的人。

众人纷纷回头，唯独舞台上的两人还在出神地对望。

"为什么要让她演出！我还可以演！"是杜薇薇，她愤恨的目光死死地瞪视着舞台正中的含曦。

在大家还没来得及反应过来时，她突然冲上前，疯了般地想扯去含曦身上的衣服。可刚伸出的手被凌睿及时紧握住，他的眸光骤冷。这模样、这场景,让含曦忽然想起教堂婚礼上的那一幕,曾经他也是这样毫不犹豫地保护着自己。仿佛无形中,这已经是种习惯。含曦忽然觉得原来被人这样呵护着,是一件多么幸福的事。可是她不敢去细想,或许这仅仅只是她的错觉。

众目睽睽下,凌睿冷着眉,一片抽气声中,他开口,仍旧不忘掩饰自己的生硬:"不准伤害她!"

刚才那场闹剧结束了,不是在凌睿骇人的警告下,而是在秦梦卿如春风般和煦的微笑下。混乱之际她只是上前揉着杜薇薇的发,温婉轻笑,劝慰了一句。一切就颇戏剧化地结束了,杜薇薇被其他社员送回宿舍休息了。临走时,她极不甘心地、一步一回头地瞪着含曦。

秦梦卿尤为体贴,硬要跑去替含曦买奶茶,说是压压惊。方才还热闹沸腾的排练场,此刻只剩下了含曦和凌睿两人。

凌睿无奈地叹了口气,转过头,望了一眼含曦。

她还是那种蜷缩着的坐姿,他已懒得发表评论了,只略带担忧地咕哝了一句:"小心杜薇薇。"

"凌睿。"含曦如同没听见他的话般,自顾自地沉思了良久才抬头,"我最近总觉得有道不太友善的目光一直注视着我。"

"不太友善?"闻言后,凌睿猛地皱眉,深究着含曦话里的意思。怕是这所谓的不太友善,也是她比较含蓄的说法。

"嗯,那道目光很阴冷很诡异,总是让人忽然会觉得背脊发寒。等到我察觉,想去寻找的时候,又什么都没有。"

含曦很认真地回忆着最近自己的感受。她越说越让凌睿觉得不安，抑制不住地，他突然扳过她的身子，格外深沉的眼神死锁着她："含曦，答应我，如果再有什么发现，千万不要一个人行动。要告诉我，不管发生什么事，别忘了你还有我！"

随着话音的消散，含曦侧着头，清晰地感觉到有股暖流在心里流淌着，那种温暖让她不自觉地想依赖。她能感觉到，凌睿抓着自己肩膀的双手很用力，传递着别样的关心。翕张着唇，良久，她却吐不出一句话。只觉鼻子有些泛酸，她很想问，是不是真的不管什么事，他都会像现在这样，一直一直在自己身边。

"我……"

话才刚开了头，秦梦卿出现在了门口。她甜甜地微笑，举着手中的奶茶递给含曦，随后如同小鸟般，自然地在凌睿身旁入座，顺势依着他。就在片刻前还洋溢着的暧昧情愫，刹那间便被尴尬取代。

含曦无声地努了努嘴，看秦梦卿自在地挽住凌睿的手，窝心地笑。这回，酸的不是鼻腔，而是心房。她别过头去，假装不看，努力在心里不停强调着：工作，工作，这些只是工作！

而凌睿却没心没肺地笑了，很纯良温和的笑容。

第一次，他居然在含曦的眼中看见了在意。她开始在乎自己了，虽然隔着秦梦卿，可是凌睿却觉得，这一瞬间，他和含曦的距离好近……

太多的事，因为误解而产生隔阂，然后我们才发现，原来彼此都有错。

结束了那场气氛怪异的三人谈话,含曦拖着疲倦的身体走回宿舍。

每一步都踏得尤为沉重,立在朱红色的木门前,她犹豫了。想着,打开这扇门,面对的就是杜薇薇,那些莫名而生却又强烈的敌意让她特别排斥。她一直是不擅长和人交际的,可至少还从未遇见过这样被人敌视的情况。像杜薇薇这样孤僻的人,让她觉得有些厌恶。那感觉就像照镜子,忽地发现了潜藏在内心深处的自己……愤世嫉俗。

重重地吐一口气后,含曦还是无力地打开门。一室的黑暗让她松了口气,看来,杜薇薇是不在了。猝然地,手机铃声突然响起,含曦还没反应过来,猛地一震。

当看见来电显示上的号码后,她更觉得迷惑了。

"喂……"

"含曦吗?我听凌睿说,你接了新的工作,挺危险的。有什么事就找凌睿,别自己逞强,知道吗?"电话那端传来柳如烟担忧的声音。

含曦愣了愣,这是妈妈第一次打她的电话,起初的含曦是害怕的,以为发生了什么大事。只是她怎么也没想到,妈妈居然只是为了传递一声关心。

她的眼眶有些热了,一份感动在心底翻腾:"嗯,我会小心的,不用为我担心。"

"那就好,不要让妈妈担心知道吗?不说了,我要工作了,记住一定要保护好自己!"

……

电话那头被忙音取代了,含曦至今都没有回过神来。这段匆忙的对话对其他母女来说兴许代表不了什么,可是对含曦来说却意义重大。她知道妈妈很忙,但她居然还能抽空打个电话给她,只为了说这几句话。

这一刻,含曦真的觉得自己是全世界最幸福的人,有爱她的母亲,还有……和她肩并着肩的凌睿……

想着,她心情转好了些。打开灯后,白炽灯将房间照得通亮,一时倒让人无法适应了。

闭了闭眼,等到感觉舒服了些后,含曦才开始环顾起屋子。

最近为了尽量避免和杜薇薇碰面,她总是很少待在宿舍里,一直都没好好打量过这间的屋子。撇开那些不悦,含曦不得不承认,杜薇薇还是个不错的室友。她总是把属于自己的那块地方打理得整洁干净,一目了然。

还有那满满一书架的书,都她很喜欢的名著……眼神轻扫过,倏地,她的目光又回到了书架上,余光扫到了不寻常的东西。

她暗自皱了皱眉,放缓脚步走上前,伸出手抽出被压在一本本精装书下的画册。宿舍的右角落才是杜薇薇堆积画具的地方,依她的习惯,不会随意安置东西的。

画册上赫然入目的名字让含曦全身的血液瞬间凝固,方才的好奇也立刻被惊恐取代,封面上是用黑色记号笔清晰书写着的"覃丝丝"。

这不是杜薇薇的画册,而是丝丝的。画中的主角却始终只有一人,是秦梦卿。

含曦的眉越皱越紧,之前从秦梦卿口中了解到一些信息,杜薇薇并不是丝丝的朋友,那为什么丝丝的画册会出现在这里?

含曦觉得这些谜团越来越混沌不堪了,如同一个雪球般,不停地滚着,不停地增大。想得正忘神,那道让她背脊发凉的目光又出现了。

这回,她没有丝毫犹豫,立刻转身。她发现门边立着的杜薇薇默不作声,正阴郁地眯着眼,打量着她,感觉就像一只在黑暗中伺机而动的黑猫。

"谁允许你随便碰我东西的!"没有预期地,杜薇薇疾步上前,一把抢过含曦手中的画册,大声嚷道。

含曦没有出声,只任她发泄着,目光在她身上游移,不经意间,她忽然瞧见她肩上的黑色羽毛。忆起那次在湖边险些遭遇的意外,当时凌睿说是乌鸦,那这黑色羽毛……这是乌鸦的羽毛,还有杜薇薇今天身上散发出来的味道,是属于鸟类的味道,臭臭的,很不好闻。难道这些乌鸦是她养的……

含曦不敢置信地瞪大眼,看着杜薇薇因为激动而涨红的脸。

"你爸妈难道没有教过你吗,没有经人同意就碰人家东西。"杜薇薇还在继续斥骂着。

原本打算不予理会的含曦,因为这句话被触及了软肋。她抬起头,眼神森冷,一字一句清晰地从唇间迸出:"我妈妈把我教得很好,至少,我的家教不会允许我去杀人!"

幽幽的一句话让压抑许久的火药瞬间爆发。

"你说什么！"

杜薇薇吼着，像失去了理智般冲了上来。她大而无神的眼睛里满是血红，可怕极了。

含曦冷笑出声，轻挪了一下脚步，避开她的袭击。

这反把杜薇薇惹得更急了，嘈杂的争吵声在这静谧的夜格外惹耳，没多久就引来了其他同学。

推挤中，含曦一直巧妙地躲避着，没有还手，她有些后悔自己的冲动了。看着杜薇薇渐渐泻出眼眶的泪，她开始不忍了，她并不想伤害她。

"还看什么，快去拉呀。"

无数人循声过来看热闹，秦梦卿等人也赶了过来，大伙只是看着，没了主意。幸好秦梦卿看见局面不堪，赶紧让大伙将两人分开。

一阵手忙脚乱，大家拉开了杜薇薇。在秦梦卿的温柔的劝说下，她总算稳住了些情绪，可依旧抽泣着，瞪着含曦的眼除了恨再没有其他。

含曦无奈地看着她，不解为什么这个女孩从第一眼见到自己，就对自己有那么大的敌意，仿佛两人天生是冤家对头似的，让人不得其解。

"她可能还在为下午排练场的事生气。"将杜薇薇移交给其他人后，秦梦卿朝含曦走来，解释着，"不如，你搬去和我一起住吧。"

本能地，含曦想拒绝。因为秦梦卿在这个学校太受欢迎，含曦不想再为自己树敌，可转念想起丝丝画册上的那些画，她朝秦梦卿感激一笑，点头答应了。

"梦卿你……"望着这一幕，安静许久的杜薇薇又突然站起身，不解的目光徘徊在含曦和秦梦卿之间。但她却并未得到任何回答，只好无奈地噤声，安静地转身回房。含曦看着那道背影，总觉得有些蹊跷。

从前，含曦一直渴望有个人能来尝试着了解自己。直到雷蕾的出现，她赤诚无比地担当着朋友的角色，了解含曦接近含曦。那时，含曦才觉得原来友谊是如此温暖。她觉得，如果一开始她就愿意尝试着倾听杜薇薇的心事，也许就不会闹得那么僵了吧。

可如今，鸿沟已经明明白白横在两人之间了。她只好摇头叹了口气，不着痕迹地惋惜。她随秦梦卿去了另一个房间，假装刚才的混乱使自己也受了惊吓。

爱情，是历经流年的寻常，更是风雨中的依赖。

虽然认识的时间也不算短了，含曦和秦梦卿也走得近，这还是含曦第一次进秦梦卿的宿舍。含曦好奇地环顾着四周，也不忘尽量寻找跟丝丝有关的蛛丝马迹，可结果一无所获。

秦梦卿的宿舍和她的人一样，很干净，也很温馨，到处可见一些属于女孩子的小心思。至少含曦绝不会花那么多心思来装扮房间的，看她那间丝毫没有人气的小套房就知道了。

含曦静静立在一旁，秦梦卿抢着要帮她打点一切，甚至不准她动手。

确实，在含曦的记忆中，秦梦卿一直是个很会照顾人的女孩，她总能用轻描淡写的几句话，就让所有人都乖乖听从她的意见。

这样的女孩，纵使是含曦，都忍不住羡慕她。

帮含曦安置好后，秦梦卿直起身，见含曦只是看着自己发呆，她伸手在她眼前晃了晃。含曦还是没有反应，秦梦卿径自以为她还在记挂刚才的不愉快，体贴地拉过她，劝开了。

"含曦，你不用难过。薇薇不是一直这样的，可能是你太优秀了，喜欢你的人太多了，才会招来妒忌。"

含曦只是笑，腼腆地摇头。优秀吗？她从不觉得，她一直不喜欢和人争什么。

"别谦虚了，你自己没感觉到而已。你演戏又好，读书又好，体育又好，人又漂亮……提起你，大家都赞不绝口呢。"

含曦只是觉得讽刺，差一点就笑出声来，这些课程都是她之前就学过的，怎么可能不好。

斜靠在床上，含曦和秦梦卿聊了一会儿，就像两个单纯的女孩，夜半躲在被窝里聊心中秘密一样。气氛格外好，可含曦却酸涩地发现，秦梦卿的话题总是绕着凌睿，而这是她最害怕的。

要知道，凌睿现在可是女生，秦梦卿这过度的关注，要么就是早已识破了凌睿的身份，要么就是……

她甩了甩头，不敢再往下想了。趁秦梦卿正起身说要复习功课，她随意找了个借口，决定出去透透气。

这一天发生了太多事，含曦需要好好整理一下。

"喂。"

独自一人正沉思着，一道熟悉的问候声从身后飘来。含曦没回头就能猜到来人，但却突觉脸颊一阵冰凉。她惊得瑟缩，这才看清是凌睿，他正恶作剧地用冰镇可乐贴上她的脸。

"你还真有心情。"轻斥了一句，含曦接过他递上的可乐。凉凉的感觉入喉，她忍不住笑了。

"当然，苦中都要作乐了，何况我们一点都不苦。"在含曦身旁入座后，凌睿边说着，边摇晃着手中的可乐罐，随后顽皮地一笑。他故意在离含曦极近的地方，一把拉开了易拉罐的拉环。看着被喷溅出的可乐弄得浑身狼狈的含曦，他心情大好。

"你真无聊！"说着，含曦瞪大眼，努力让自己不要生气，越是生气，这家伙一定会更得意更猖狂。她顺势抓起他的校服，胡乱抹着身上的污迹。

"喂，这衣服我明天还要穿啊。"

"我管你，难道我这张脸明天就不用见人吗？"

一来一往间，两人互相闹着。一会儿工夫，含曦把这一整天的不快乐抛到了脑后。

"好了，好了，不闹了。谈正经的，我从一些跟丝丝关系一般的人嘴里探听到不少消息。"看含曦笑开了，不再愁眉不展，凌睿才严肃起来。相对于秦梦卿等人提供的信息，那些人要更客观些。

"都说了什么？"被凌睿的认真感染，含曦也不再闹腾了。

"听说她经常会被人欺负，东西会莫名其妙消失，抽屉里被倒上很多垃圾，书包上还经常被贴上'去死吧'的字条。"

"会是谁呢?为什么都没听秦梦卿提起过?"

含曦更觉疑惑了,身为同班同学,这些事秦梦卿不会不知道。为什么要刻意对她隐瞒呢,似乎她瞒着的才是事情的真相。

"嗯,也不奇怪。丝丝本来在学校里人缘不错,可到了后来,无缘无故地,班上的同学开始排挤她,后来居然到了全班一起开始讨厌她的地步。"那也就是说,这些事到底是个人作案还是集体犯案?越来越复杂了。天啊,这局面,跟什么都没查出有什么区别啊。

"好痛苦啊。"含曦抱怨出声,真觉得快被折腾得没气了。

"嘘!"刚嚷嚷出声,凌睿立刻警觉地朝她比了个噤声的手势。含曦赶紧止住声音。

含曦眼神环顾着四周,有人在偷听,可她寻不着黑暗中那人的方向。凌睿的目光忽地变得犀利,顺手拿起石头,往灌木林边扔了过去。有人"啊"了一声,而后,一道黑影极快地从林中窜过,树叶一阵晃动。

两人互看了一眼,谁也没说话,两人越发有默契。

这个偷听之人不会离他们太遥远的,那人肯定被击中了,凌睿相信自己的力道。明天秦梦卿那群人之中,一定会有个人带伤出现,真相也会慢慢浮出水面。然而他担心的依然还是含曦。

想着,凌睿转过头,认真嘱咐:"含曦,不要让我担心你,知道吗?不仅要离杜薇薇远些,还有……那个秦梦卿也不单纯。"

"是啊,不单纯……"含曦俏皮地眨着眼,模样很轻松,尾音微微上扬,不放过任何讽刺凌睿的机会,"对你特别不单纯。"

"你在乎？"气氛好像刹那间就转变了，凌睿挑高眉梢，似笑非笑，看起来心情很好。

"别开玩笑了。"含曦这才意识到紧张，舔了舔唇，她故作轻松地说，"我有什么资格在乎，我只是开个玩笑而已……"

在凌睿目不转睛的灼灼逼视下，含曦越说越不自在，无端地觉得心虚起来。她甚至不敢再直视那双眼，好像所有心思都赤裸裸地被袒露了一样。

"含曦。"沉默中，凌睿突然出声，紧随着也红了脸。

他轻轻地低下头，想了一会儿，才慎重地说："如果你有这个资格在乎，你会要吗？"

"什么资格？"

凌睿懊恼地别过头，低哼了一声。他不明白，关键时候含曦怎么忽然变笨了，还要他说得怎么清楚啊，看她无知懵懂的表情，凌睿知道含曦不是故意的，她是真的不明白。片刻后，他像是鼓起勇气，轻声加了句："我喜欢你……"

"啊？"也许是太突然，含曦完全没能反应过来。

而这模样在凌睿看来，又成了另一种意思，他开始紧张了，怀疑是不是自己多心了，含曦对他真的只是朋友而已……虽然有些气馁，但一转眼，他很快就恢复了，坚定不移地丢下一句话："你不用那么快就喜欢我，反正我们注定要纠缠很久，但是……你别指望我放手了，也别想再逃了。"

说完这句话后，倒是凌睿自己先逃了。含曦怔怔地望着那个背影，努力消化着他的话，很久很久后终于醒悟。凌睿说喜欢她！

她不是在一厢情愿,他真的喜欢她!

含曦恨死了自己的迟钝,他都把话说得那么明白了,她居然还像个傻瓜似的。今晚,注定是个难眠的夜晚。刚才发生的那些烦心事,早被她抛开了。一脸甜蜜笑容的她,就像个初涉情场的小女生。

更多时候,我们应该感谢敌人让生活有了乐趣。

隔日一早,含曦正打算去教室上课,却被秦梦卿拦住,说是希望她加入话剧社。含曦答应了。

因为快要公演的原因,老师允许她们请假排练。

到了话剧社,含曦就看见凌睿跨坐在窗台上,慵懒地看着窗外。她还真是第一次见到那么懒散的凌睿,该是昨晚没睡好吧。可她竟发现,这个男孩不管怎样都分外好看。

"我先去换衣服。"收回视线,含曦有些不自在地吞了吞口水,找了个话题解了尴尬。

在更衣室里憋了良久,她吐着气,不想让自己的私人感情影响了工作。

"把我的角色还给我!"

吵闹声引起了含曦的注意,她不耐地拧起眉头。这样喧闹的只有杜薇薇,她已经尽量避着她了,她不明白,杜薇薇干吗还要缠着不放。

随着转身,映入眼帘的画面让含曦愣住了,杜薇薇的额角贴着创可贴。想起昨夜凌睿冲着暗处抛出的那颗石头,她觉得这伤未免来得太过巧合了吧。

含曦眯起眼,重新审视起这个女孩:"经典名剧不是用来被不懂演戏的人糟蹋的。"

"谁说我不懂演戏!"这话又成功挑起了杜薇薇的怒气。

"是吗?那就较量一下吧。"如同游戏般,含曦的唇角始终带着似有若无的笑。她想,该是挫挫杜薇薇锐气的时候了。她一再忍让,并不表示可以一再任由别人对她大呼小叫,她只是懒得跟这个比自己小上几岁的女孩计较。现在,她忍不住了。谁让这家伙要偷听她和凌睿的谈话,她不喜欢有人总是躲在暗处,阴险地算计着什么。

"好,你选个角色吧。"没想到杜薇薇居然毫不犹豫地应了。

"你继续演你的四凤,我来演繁漪。"抛出手中的戏服,含曦挑眉看着她,等着她答应。

随着大伙慢慢地聚拢过来,杜薇薇找不着台阶下了。四凤这个角色本就是她练习了无数次的,她不屑地哼笑出声,点头应允。

众目期待下,杜薇薇背起了台词,她们演的是临近尾声的一场戏,繁漪发疯似的说出了事情的真相。她得不到,那就谁也别想得到,她要让已怀有身孕的四凤清楚地知道自己的不堪,那个所有人眼中纯洁的四凤,肚子里的孩子竟是自己哥哥的。

随着剧情的起伏,逐渐到达剧本的高潮,大家都震惊得说不出话了。杜薇薇生涩异常,或许因为紧张,她只是背着属于四凤的台词,不带丝毫的感情。而含曦……她的繁漪比起之前秦梦卿演绎的,有过之而无不及。

那种眼神的痴狂就像亲身经历过这场毁灭了她一生的爱。

凌睿不动声色地在一旁欣赏着,他喜欢看含曦演戏时的模样,浑然忘我。整个人比起平常更鲜活了,就像一尾在岸边挣扎许久的鱼,终于寻到了水源,畅快淋漓。

他轻微一笑,收敛住肆无忌惮的爱怜目光,转过头,无意间发现秦梦卿看含曦的眼神,那么地专注,那么地……充满杀气。

"我说过,如果只是为了争强好胜,或者只为了从我手上抢过些什么,那么请换种方式,不要玷污了演戏,它不是你想象中那么简单的。"

从杜薇薇气馁的表情中,这场较量已见分晓。含曦微仰头,一字一顿,难得地露出骄傲又自负的神情。

没人能理解是什么让一直看似天真无邪的含曦瞬间改变,唯独凌睿了然于心。表演在含曦心中是神圣的,因为她的母亲就是为了这个原因才抛下她那么多年的。如果这里理由不是那么充分,她会无法接受。

"含曦,你演得太好了。"还是秦梦卿第一个反应过来,走上前真挚地称赞。

含曦眨着眼,有些羞涩地垂下眸,谦虚了几句,眼波暗中与凌睿交流着。她也发现了,秦梦卿眼中闪烁着不寻常的光芒。

傍晚时分,天色渐暗,红艳的晚霞映满天空,更为这古老校园添了几分神秘韵味。柳含曦倚着窗,望着远处的教堂出神。

许久后,她才转过身,像是不经意地冲身后的凌睿抱怨了一句:"这学校乌鸦还真多呢。"

"呵……谁就能保证它不是置人于死地的凶手呢。"凌睿回道,比含曦的口吻更随意。他直起身,缓缓朝含曦靠近,直至逼她入墙角,两人的距离很近,在这放学后空无一人的教室里,似乎依旧弥漫着危险。

"我很喜欢看你演戏的模样,可是,不希望你下次那么冲动。你答应过我,有事我们一起合作的,我不想你把自己暴露在危险中。"

含曦以为他会更近一步,只因为这气氛实在暧昧得让人分心。没想到,他只是皱着眉,很不满地埋怨着她上午的冲动。

"好啦,我知道了,以后不会了。"嬉笑搪塞了一句,这样严肃的凌睿实在让含曦有些害怕。

"喂,从今天开始,你必须把我说过每一句话,用本子记录下来!"

"不需要吧。"她连上课笔记都不会做得那么认真。

"不记也可以,你要是再敢把自己置于危险中,就给我等着看我怎么收拾你。"看她抽搐的表情,凌睿软下几分心,揉着她的发,继续警告。

"嗯。"这次,含曦没有丝毫犹豫地点头,心里泛着甜蜜,这样的在乎让她觉得很满足。

没隔多久,她又用力推开凌睿,正色道:"把上午从话剧社偷来的东西给我看。"

"什么东西?"凌睿一下一下拨弄着头上的假发,不假思索地抵赖。

"凌睿！你说过，有发现什么事，要一起进退的。"

"真是个麻烦的女人。"虽然口中抱怨着，可他还是很配合地从口袋中抽出照片，"不过是张照片嘛。"话虽如此，他还是很高兴，含曦也同样地关心着自己的安危。

而这张照片透露着的信息，却远远不止凌睿口中那样轻描淡写。这该是去年话剧公演时照的，含曦听说过，当时她们演的剧目是《小妇人》。而照片中的两人，正是杜薇薇和覃丝丝，看打扮，丝丝饰演的是爱咪，杜薇薇演的是乔。

被定格住的某一个瞬间，表情捕捉得很到位，两人间对视的眼神似乎流动着某种异样的情愫。直到这时，含曦才忽然想起安宁哀求秦梦卿加入话剧社时的情景，她们似乎都对过去的一些事心照不宣。

"你说，丝丝看杜薇薇的眼神……像不像你看我的？"凌睿憋笑邪恶地问了句，招来含曦的白眼。

好在事情总算渐渐清晰了，她现在心情好，懒得跟他计较。

蒙娜丽莎的笑之所以那么神秘，是因为她根本没有笑，那只是画面的阴影。

夜半的月色清丽迷蒙，教堂依旧如寻常般伫立，透过袅绕的雾气，今夜它显得不那么神秘了，甚至有些历史沉淀出的华丽。

教堂后的空地被篱笆圈了起来。这是含曦刚来学校时，被告知不可跨入的禁地，如今看来是那么庄重。

她抬起头，盘错着双手，好整以暇地望着眼前面色惨白的杜薇薇。她终闪躲着目光,不敢正视那块墓地。

静默了一会儿,含曦才开口:"攻击我的乌鸦羽毛出现在了你的肩上;你的书架上却藏着表姐的画册,还有去年话剧公演时的照片,你看表姐的眼神……这些,你可以给我一个解释吗?"

"我不知道,什么都不知道!"杜薇薇摇着头,不停地否认,步步后退,想逃离,身后却有凌睿阻拦着。早知道她不该出来的,不该答应柳含曦的邀约的。

"看来,只有去了警局你才会知道。"说着,凌睿掏出手机,毫无犹豫地拨通电话。

杜薇薇真的急了,她疯狂地扑上前,拍打掉凌睿的手机,眼睛瞪得很大,却黯然无光,独自啜泣了很久。终于,她掩面崩溃似的跌坐到了地上,痛苦出声:"不要抓我,跟我没有关系,我是最不希望丝丝出事的……"

"没事了,都过去了,现在……告诉我究竟怎么回事?"犹豫了一会儿,含曦扫了一眼凌睿,示意他继续打电话。

她自己则蹲下身,缓下语气,轻柔得如同耳语,一遍遍,不厌其烦地安慰着杜薇薇,试图诱她说出真相。

"我不想一直都孤单……"她越哭越凶,连话都开始无法说完整。

含曦揽她入怀,低语着:"不会了,你不是孤单的,还有很多人在你身边。闭上眼,想想那些让你快乐的时光,那些给过你快乐的人,她们一直都在。"

"不在了……丝丝不在了……是我的自私毁了她。"慢慢地,伴着哽咽，杜薇薇开始透露出真相，"我跟梦卿是最要好的朋友，我们曾经好快乐……可是丝丝出现了。你知道吗，她真的很美，她是我见过最单纯的女孩，她的笑总是暖暖的，让我情不自禁就沉溺在她的微笑中。"

说这话时，杜薇薇的目光柔得似水，闪烁着。

难怪这个女孩总是把自己锁得那么紧。

想着，含曦将她抱得更紧了，就像个姐姐安慰着妹妹。

"可是梦卿知道了，她接受不了我对友谊的背叛。她是一个占有欲极强的人，然后……然后她杀了丝丝……是她杀了丝丝。我想赶你走，因为你笑起来太像丝丝……因为梦卿看你看凌睿的目光太不寻常……她会杀了你们的，就像之前为了妒忌杀了那些人一样……她会杀了你们的……她杀了丝丝。"

杜薇薇的情绪几近癫狂，她拼命喊着，语无伦次。好在含曦和凌睿都听懂了，两人惊恐地对视着，他们怀疑错了人，却又鲁莽行事了。那么现在，真正的凶手可能随时会突然出现……

可惜这个认知来得太晚，黑暗中突然爆出一声大笑，尖锐地划破夜的宁静。

两人还没看清人影，一群黑影就飞了出来。是乌鸦，无数的乌鸦扑扇着翅膀，几片黑色羽毛应声而落，点缀着夜空。

秦梦卿依旧笑着，缓缓从林后走出，还是如同蒙娜丽莎般的笑容，神秘、诡异。她挥手，乌鸦便转过方向，直直地朝含曦以及凌睿扑去。

"杀了他们，杀了那个背叛我的人！"

随着她疯狂的命令声，那些乌鸦像是能听懂般，用尽力气朝他们飞来。

这些之前还盘旋在教堂上空，看似平静无害的乌鸦，瞬间就幻化成了暗夜杀手，它们能逼着人失足落水，逼着人跳楼……

含曦伸手挡着，还不忘用身体护住杜薇薇，眼看就要抵挡不住了。凌睿及时地冲了过来，死命挡在含曦身前，宁愿自己满身是伤，也不舍得让她有丝毫闪失。

"又是它们，不要，不要……她养的魔鬼，它们来了……"杜薇薇的呼叫声还在持续，为含曦他们解开疑惑。

原来乌鸦是秦梦卿豢养的，难怪这些乌鸦那么听秦梦卿的话，她的命令就如同咒语般灵验。

"喂，护住自己，护住杜薇薇，有机会就逃，不用担心我，我已经报了警。"果断地抛下话后，凌睿突然直起身。

瞬间就换了表情，那眼神中荡漾着的神采，有那么一刹那如同太阳神阿波罗一样，熠熠闪光。大概这就是爱吧，是之前他一直用来看自己的眼神。如今这道眼神化为绕指柔，生生地锁定了秦梦卿。

"梦卿，你真的愿意就这样杀了我吗？"他开口，还不忘刻意模仿着女声，比起之前的更娇艳欲滴。

"凌睿……"秦梦卿缓缓启唇，软下神情，怔怔地望着凌睿。

"我一直以为你是懂我的，就算我不说，你也能看懂我的心。可是……你现在却想置我于死地，我不喜欢这样的你，我喜欢你的笑，好柔，好美，甜甜的。"凌睿投入地说着每一句话，试图拖延时间。这一刹,他脑中没有任何的杂念,只不停地告诉自己,他喜欢眼前这个女孩。

"不是的,我不想杀你。是你逼我的,你总是和柳含曦形影不离,总是不愿意多看我一眼,总是……"

"可我真的喜欢你,我想和你做最好的朋友,只有我们两个人。"他没有犹豫地打断了秦梦卿的话,真挚、浓烈。

即便明知是为了救她,含曦的心仍因为这话猛地一震,那是她从来没有在凌睿口中听到过的表白。她垂下眼,有些责怪起自己的小心眼,没料,凌睿竟然还能分神,从背后伸出手,紧握住她的手。淡淡的感动在心底蔓延开,含曦告诉自己要信他,无论什么时候都要信。她紧紧回握了一下,松开手,让凌睿肆意地表演,他们是特殊演员,只要工作还没结束,就不能做回自己。

"你喜欢和我在一起……原来你是喜欢我的。凌睿,你带我走,我们离开这里。离开柳含曦,离开杜薇薇,也离开这个讨厌的学校,好不好……"

警笛声渐渐靠近,却没有惊扰径自沉溺其中的秦梦卿,她依旧自顾自地说着。那些乌鸦在她放下手的刹那各自分飞。

关于那个问题,秦梦卿永远得不到答案了。直到被警察带走,她依旧喊着,忘情地背着《雷雨》的台词,满溢深情。警察一拥而上,询问着他们的伤势。

含曦松了口气,无力地软下身体,被凌睿搂进怀里,耳边是他一遍遍重复着的安慰。

终于结束了,那些噩梦般的遭遇真的远去了吗?

· IS YOU GIVE ME ·
· THE BEAUTIFUL BUBBLES ·

是缘分,是巧合
又或是冥冥中的宿命

第六章

也许我们只想要一份平静的爱，
一个平凡的爱人，
履行平淡的誓言。

· IS YOU GIVE ME THE BEAUTIFUL BUBBLES ·

"她没有被定罪，医院出具了证明，确诊鉴定为精神问题。她被强行带进精神病院进行治疗。"

"看不出来，她还真是拥有出色的演技。"接过凌睿递来的炒饭，含曦听着他带回来的消息，忍不住讽刺了一句。

"你也不赖。"

凌睿在她身旁入座，惬意地享受着自己烹调出的美食，真心地赞美含曦。想到那时含曦定下计谋，诱惑杜薇薇说出真相的情景，虽然是事出有因，可他心里还是极度不爽，因为那个拥抱连他都没享受过呢。

"秦梦卿还会回来的，总有一天，我要和她真正较量一次！"大口吃着饭，鼓着满满的腮，含曦严肃地发誓。

"喂，不准再这样做！"

"不准再叫我'喂'，我有名字！"

覃丝丝的事情结束了,也意味着这一份工作的结束。两人放松了下来,肆无忌惮地互相调侃。想到覃丝丝父母得知真相后宽慰的样子,含曦就觉得无比满足。

离开那所古老的学校后,他们回到了原先的大学,过着平静无波的生活。唯一的区别就是,凌睿经常会来含曦的小套房,说是担心她饿到自己,所以为了确保她不会饿死,他自告奋勇为她煮饭,然后就故意找各种借口赖上好些天。

有了那段日子的朝夕相处,再加上生死一线的互相扶持,他们的感情更深了。尽管没有任何承诺,但两人逐渐嵌入到对方的生活中,分不开了。

含曦以为有些事是不一定非要说得清清楚楚的,彼此了解就好。就像……她对凌睿的感情,早已不是单纯的朋友而已。

"含曦,答应我一件事好不好?"凌睿托着腮,挑眉看着眼前的女孩,迟疑了一会儿,还是开口了。

见她询问的眼神,他继续说:"这一个月内,我们都别接任务了,做回普通人,谈一场普通的恋爱,好吗?"

"嗯。"含曦回答得很爽快,因为凌睿的请求是她一直都期盼的。像个普通女孩子一样天真单纯,每天最大的烦恼也渺小得几乎可以忽略,然后和喜欢的人手牵手,逛街、聊天,用正常的方式来恋爱。

含曦的毫不犹豫反而让凌睿一下子愣住了。他以为那么热爱演戏的她会舍不得这份工作的,他可能需要一番连哄带骗或者威逼利诱,没想到这么简单就搞定了。

"那你记得要经常约我出去玩,请我吃冰激凌,还要带我去逛街,另外要经常来煮饭给我吃……"

她说得滔滔不绝,凌睿瞪大眼,怔愣着,模样很是可爱。

含曦停下来,望了他一眼:"有什么不对吗?我看我们学校那些女生恋爱都是这样的。"

"好,你说什么就是什么了。"

"那你去洗碗。"理所当然地,含曦推掉了饭后一直由她负责的工作。她逃也似的溜去了电视机前,今天会播放妈妈演的那个新电影呢。

凌睿无奈地望了她一眼,只好摇头,叹自己的苦命,偏偏他还觉得很乐在其中,真是怪事。

凌睿心不在焉地洗着碗,潺潺的水声烦扰不了他的心事。其实,他很想问含曦是不是因为喜欢他才答应的,更想问她现在他们间的关系是不是能称作情侣。可是他却害怕,长那么大,纵使从前露宿街头几次差点丧命,他都不曾害怕过。

然而此刻,他反倒开始怕了,生怕含曦给出的回答粉碎了他的美梦。

达成了协议之后,含曦和凌睿几乎形影不离。每天放学,含曦总会在拐角处见到凌睿斜靠在摩托车上,静候着她的出现,然后一起回家。他们甜蜜地在嬉闹中解决晚餐,一边闲聊一边看电视,偶尔还会八卦好久。

这样的生活,含曦觉得很好,宁静、充实。她沉溺于无忧的幸福中,转眼才发现已经一个多月了。

这一天,她依照这些日子的习惯,快速离开校园,顺势甩开粘人的雷蕾,拐过街角,冲着不远处的凌睿甜笑开。

"真不明白,为什么每次都不让我去你学校门口。"递上安全帽后,凌睿抱怨开了。

这样的抱怨几乎每天都要上演一回。

含曦从起初的胡乱解释,到现在已经是懒得理会了,只自然地转个话题:"今天晚餐吃什么?"

"去约会。"抛下这话,凌睿帅气地跨坐上摩托车,不理会身旁路过的女孩的注视,轰开油门加大马力疾驰而去。

含曦从身后紧紧环抱住他的腰,闭上眼,靠上他的背。什么都不想,就这样放心地把自己交给他。她的世界到底还是一个人惯了,突然有人闯入,虽然不再空洞,但她依旧有少许的坚持,她害怕不知不觉间,被凌睿占领了她所有的空间。

随意地找了个停车库,停妥车后,凌睿突然出声,唤住走在前头的含曦。他脸色有些微红地左顾右盼了一会儿,才从口袋里掏出一个精致的盒子,强行塞入含曦的手中。

"哇,好漂亮。"含曦好奇地打开,红色绒布上静躺着一条别致的银色手链,链上垂吊着无数星钻,美轮美奂。

"送给我的吗?"

"废话。"凌睿翻了翻白眼,除了她,还有谁值得浪费一下午的宝贵时间挑选礼物。

"可是为什么突然送我礼物?"

含曦依旧觉得困惑,这话招来了一道白眼,这回还外加一道怒吼："喂,你日子到底是怎么过的!今天是情人节!

"不准叫我'喂'!"她依旧在小事情上纠结,看凌睿愈渐铁青的脸色,她突然娇笑了起来,"好了啦,你知道我最讨厌冬天的,不如这样,回家吃饭,我亲自煮饭给你吃。"她自然地缠上他的手臂,撒着娇,哄着他。很快,凌睿的怒气烟消云散了。

凌睿兴奋地拉起她,又跨上了摩托车。听闻她要亲自煮饭,心里漾起的甜蜜只有他自己能感受得到。

感觉着身后倚靠着的这个甜蜜的负担,淡淡的笑意爬上他的唇角,一个决定正偷偷在他心底酝酿开。

"为什么你会煮饭,每次都还要我来煮?"

才一会儿工夫,含曦就准备了满满一桌的美食佳肴。凌睿瞠目结舌地看着,禁不住埋怨开了,他开始怀疑,自己爱上的女孩压根不是天使,而是恶魔,总以娱乐他为乐。

"我喜欢吃你煮的东西。"

淡淡一句解释足够让凌睿觉得一切付出都值得。

他笑着搂她入怀,拨弄着她戴在白皙手腕上的手链:"傻瓜,只要你喜欢,以后我一直一直都煮给你吃。"

"一直一直是多久?"

"就是……"话还没来得及说完,手机刺耳的铃声就响起。

互看了一眼后,凌睿无奈地接起电话,神色认真了起来,简短的几句对话,含曦便明白了。他又有工作了,没有出声,她静静地等着他挂上电话。

"我接了。"凌睿只交代了一句。

"没关系,记得抽空来看我就好。"含曦体贴地冲他俏皮眨眼。想到了覃丝丝的事,无端地,那种随时可能失去对方的恐惧感,让她觉得极度不适。

终于等到她的回应,还是那么坚定。凌睿又笑开了,依旧纯真如孩子般,开心抱她入怀。憋了许久的一口气被吐出,他闭着眼,嗅着她发间的香气。

他轻声做出承诺:"我会给你一个安稳的将来,让你不再蜷成一团,害怕和恐惧。"

这句话讲完,含曦抑制不住勾起唇,眉间洋溢着的是幸福。

这个冬天仿佛不再寒冷,记忆里那个孤独的寒冬远去了。

她要住的是一份真实的温暖。

往往,越是相爱的人,蓦然回首,越是隔得最远。

入夜后,华灯初上,点点晕开,恍如天际星辰,斑斓耀眼。广场上有孩子追逐嬉闹着,举步间,惊扰了洁白的和平鸽。它们忽地一起振翅而飞,为这城市的华丽夜色平添了几分祥和。

含曦收回视线,紧了紧大大的围巾,哈着气暖着自己的手,嘴角漾着甜美的笑容。明天一早,凌睿就要去工作了。他们不约而同地想到,在工作前再来一次约会。

两分钟前,含曦看身旁路过的女孩开心地吃着爆米花,突然童心大起向凌睿讨要。凌睿笑着用手刮了一下她的鼻子,飞快地跑去卖爆米花的摊子上。

他就这么这么无条件地宠着她。想着，含曦更是笑得开怀了，难怪人家都说恋爱中的人是最幸福的。

广场上的音乐喷泉开始喷出晶莹的水帘，欢快的乐声也随之响起。含曦情不自禁地跟那些孩子一起，随着乐声蹦跳了起来。童真，在她小时候就离她远去的东西，是凌睿替她重新找回了。

在凌睿面前，含曦常觉得自己就是个孩子，而他也是。两个孩子相互依偎着，熬过寒冬。

闹得正欢，混迹在一群小鬼间，含曦觉得自己也年轻了好多。一个不小心她撞上了身后的路人，踉跄着险些就跌倒。幸好，身后的人及时地伸手挽住了她，稳住身体后，含曦长舒一口气。

赶紧回头道歉，没料，转身映入眼帘的那张脸让她刹那愣住。无端地，她觉得全身发冷，忍不住打颤。

"真巧，又遇见了。"

是博睿，他带着淡到几乎不易察觉的笑，显得很是熟络。

"呵呵……是啊。"敷衍了一句，含曦下意识地往后退开，拉远彼此间的距离。

这男人让她没由来地觉得害怕，本能地想避开。

"这条手链很漂亮。"说着，他的目光落在含曦的手腕间。没多久，又拧起了眉，若有似无地叹了声，"你跟送这条手链给你的人……不会有好结果。"

听到他的话，含曦终于知道自己为什么会害怕这个高贵的男人。据前几天无意中看到的新闻说，他是国内知名的预言师，他的预言奇准无比，却从不轻易给人预测。可是他居然接连两次替含曦下定论，那些话偏偏是含曦最不想听到的。

含曦恍惚着，不想理会这些话，她一再地在心里告诉自己，这只是博睿的恶作剧，可是心情还是免不了低落下来。

"怎么了？"

再次回神，是凌睿夹杂担忧的喊声。含曦身子一震，愣愣地看着眼前的人，不是博睿，而是凌睿。他顽皮地挥着手，试图唤回她的注意力。含曦眨了眨眼，回一句："没事。"

她的视线开始在人群中搜索起刚才的那道身影，隐约间，她看见了一抹背影消失在人流中。浅蓝色的衬衫，领子微敞，明明该是不羁的韵味，偏偏那个博睿却依旧显得尊贵无比。

"在看什么？"凌睿仍是觉得不放心，追问。

"哦，那个人长得好奇怪。"硬生生地收回思绪，含曦伸出手指，随意指了个方向，想糊弄过去。

"人家不过就是胖了点，眼睛小得有些看不见，嘴巴大得有些突兀，发型诡异了些，你也不能这么说嘛！"

含曦瞪大眼，没想到凌睿居然真能看过去，还给出一堆无厘头的评价。她更没想到，那里竟然还真站了个长得格外"抢眼"的男孩。

含曦刚才还低落的心情，被凌睿这么一闹，瞬间又活泼了起来。只隐隐地，含曦觉得，她无法自欺欺人地去正视这个疙瘩。她开始面对自己和凌睿交往的现实，他们俩会有将来吗？带着不安和混乱的思绪，之后的她总是走神。

一直看在眼里的凌睿也不再多问，她不想说，他怎么都逼问不出。他只是默默紧握住她的手,害怕一松手就失去了她的踪影。

而凌睿这才发现,原来早在不知不觉间,他竟开始如此害怕失去含曦。小小的屋子里燃着清新的甘菊香,这种能使人宁神的香气对于含曦来说却毫无用处。她盘腿侧坐在窗台上,拧开墙上的壁灯,翻着相册。

相册里的小女孩笑得很甜,越到后面她的笑容越少了。这个女孩叫弯弯,今年八岁,是著名的童星,也是含曦正在犹豫要不要接的工作。凌睿早上临走时,只说"你开心就好",这样模棱两可的答案反而让含曦没了主张。

第一次,含曦无端地排斥起一个任务。

晚上七点,电话铃准时响了,含曦看了一眼来电显示,犹豫了一会儿,还是接了。

"柳小姐,你考虑好了吗?"

听筒那头是个沉稳的女声,她是弯弯的经纪人——莫愁,昨晚和弯弯的父亲一起来委托她的。那时含曦下意识地拒绝了,回来后也和凌睿聊了许久,始终还是拿不定主意,这才约了莫愁七点再来电话。

看了一眼手中的腕表,含曦的唇角溢出一丝笑容,还真是准时:"好,我接了。"

"那真是太好了,谢谢你,不过弯弯是个没有安全感的孩子,不太容易相信人,所以……还需要你有个周详的计划,这次就拜托你了。"很快地,对方说完一大段话后挂断了电话。

只剩下含曦独自对着手机发怔。这次的工作很诡异,要假装被弯弯死去的母亲附身,而后说服弯弯答应莫愁和她爸爸的婚事。

含曦始终觉得有些地方不对劲,按弯弯爸爸的说法,弯弯的母亲在她四岁时就去世了,一直都是莫愁做她的经纪人。这样经历的孩子会有什么样的想法含曦很了解。她该是和莫愁最亲近的,就像含曦小时候特别依赖蓝修女一样。无论从哪个角度想,含曦都觉得,对于这个婚事,弯弯不该反对。

"在发什么呆?"随着一阵轻微的关门声,凌睿关心的询问声传过来。

看他风尘仆仆一脸憔悴的模样,也许是刚结束了工作。含曦迎了上去,体贴地接下他的外套。

"晚饭吃了吗?"她转头问了句。见凌睿点头,她便也不多说,之所以会最终答应接下弯弯的工作,更多原因在于凌睿。

含曦忽然觉得,没有凌睿的屋子空荡荡的。最近凌睿忙着工作,没有空陪她,她只好也让自己忙碌起来。

"我接了弯弯的活。"

"就是昨天拒绝的那个工作吗?也好,自己小心些。"凌睿不会反对,只是有些担心,想起覃丝丝的那回,难免有些后怕。

含曦乖顺地点了点头:"你也是,自己小心些。"

她不知道凌睿这回接的是什么工作,凌睿不说,她也不便追问,这句关切只是由心而发罢了。委托人都有自己的隐私权,身为职场中人,在他们不想透露的情况下,必须为他们保密。

"喂,你照顾好自己吧,我没有什么事。"口气有些霸道,但凌睿还是微笑着,含曦情不自禁的关心让他觉得很欣慰。他轻抚了一下她的发，顺势将她带入自己的怀中，贪恋地吸着她的发香，喃喃自语，"含曦，你真的不能有任何事，不要让我担心。"

私心里，其实他并不希望含曦再接工作的。这些年，他存的钱还是足够养活她的，只是他不想毁了她的梦想。他知道她爱演戏，用生命在投入的表演。而他也刚刚接了新的工作，虽然不是很棘手，但一直担心含曦真发生了什么情况，他分身乏术。

总是无奈地发现，骗得了所有人，骗不过自己。

四周密封的室内到处都装点着奇异的饰品，透着股浓烈的诡异和神秘。含曦面无表情地端坐在正中的座位上，看着被莫愁和父亲领进屋的弯弯。

弯弯有一双很清澈的眸，却隐隐藏着一种敏感和孤独，那不是这个年龄应有的感情。当看到含曦的时候，有那么一刹那，弯弯的眼中闪过兴奋期待的目光。含曦知道自己这个造型很符合一个通灵师，她不着痕迹地打量着眼前这个女孩。无论她怎么看，这小女孩都不是莫愁所说的任性乖戾。

"可以开始了吗？"含曦淡淡地问，声音很轻。

"嗯嗯。"弯弯匆忙地点头，坐上一旁的位置，显然已经迫不及待了。

含曦能感觉到莫愁投来的眼神暗示，她不想理会，也不需要任何人用眼神指点她该怎么做。更重要的是，她潜意识里不怎么喜欢莫愁这个女人。她总觉得那双狭长的眼有些许的邪魅。

布置好一切后，含曦有模有样地闭上眼，紧紧握住弯弯的手。

四人围着桌子，相互握住彼此，这样的游戏顶多也只能骗骗弯弯这样的孩子。

经过一番努力，含曦的额间已沁出薄汗。看起来，像是很疲惫，可除了这她没有任何变化，弯弯的表情被失望掩盖了。

在含曦无奈的摇头下，她委屈地嘟起嘴，牵住爸爸的手，仰头道："算了，爸爸我们回家吧，也许是妈妈不愿意出来见弯弯。"

"我送你们出去。"含曦看到莫愁投来了不解的目光，没吱声，只客气地起身送客。

"姐姐，心里不宁静，就不会成功吗？你能看见妈妈吗？"弯弯还是不死心，眨着眼，回头问着。

含曦愣了愣，被她的眼神震撼了，一如看见了小时候的自己，她也曾是那么渴望能见妈妈一面。那时候的她，从来没有贪婪的想法，单纯得只要见妈妈一面就好。

"以后，弯弯可以再来试试。"思忖了片刻，含曦小声地劝说，声音虽小却有些明显的暗示。说着，她脸上开始浮现出温柔的微笑，连眼睛里都泛着慈爱的光芒。

弯弯看到含曦的表情，皱起秀气的鼻子表示有些困惑不解。

含曦迅速地按下电梯的开关，门关了，已经步入电梯的她带着弯弯先下去了。

突然含曦蹲下身子，哽咽轻唤："弯弯，真的是弯弯吗？你可以看见我了吗？"

"你是？"弯弯没有害怕，只是不敢置信，往后退缩着。

"是我啊，妈妈啊，弯弯真的不认识妈妈了吗？"含曦太熟悉这种感觉，久别重逢的感觉她能掌握得极好。

"你骗人！"她却没料到，弯弯只是静了片刻，就毫不犹豫地喊道。

"弯弯……"含曦没有解释，还是不停地呢喃着她的名字。

"那为什么你刚才不出现，现在才出现？"

含曦很想说出事实，刚才她犹豫了，她不想欺骗弯弯，不想利用她的单纯，去为莫愁达到目的，她的良心会受到谴责。可是，她却更不舍得看弯弯失望的表情。只是这些话她只能在心里呐喊，没办法说出口，所以只好找了个理所当然的理由："因为我不想看见她，也不想让她看见我。"

"你是说莫愁吗？"弯弯有些软化，甚至开始相信了，因为含曦眼中倾泻出的神采是弯弯记忆里妈妈才有的。

含曦点了点头，失落地低下头，即便眼前站着的仅仅是个八岁的小女孩，她仍旧不敢懈怠。不单单只是因为弯弯比一般的小孩子早熟些，更重要的是她想让弯弯看见希望。

"你……真的是妈妈吗？那为什么那么久了，妈妈从来不到梦里来看弯弯。爸爸说去了天堂的亲人，都会因为思念来梦里看望自己最喜欢的人，妈妈为什么不来看弯弯，难道弯弯不是妈妈最喜欢的人吗……"弯弯一下子扑到含曦怀里哭了起来。这一刻，她才真的还原成一个最普通的孩子，想要妈妈宠爱的孩子。

"对不起，是妈妈的错，都是妈妈的错……"虽然能将弯弯的委屈看明白，但是含曦不知道除了道歉，她还能说些什么。

到底她还是无法去欺骗一个孩子，她发现自己快要演不下去了。眼前的弯弯让含曦想到妈妈刚离开那年的自己,那时她也才九岁,纵使修女们对她再好,可是在孩子稚嫩的心里,仍然代替不了妈妈。

含曦想,如果那时有人用妈妈的身份来欺骗她,她一定会很生气很生气的。

"你们谁都不明白弯弯究竟在想什么,从来都没有人愿意来了解我,就连爸爸也是,讨厌!"忽然,弯弯失控般地大喊起来,狠狠地推了含曦一下。

虽然妈妈去世时弯弯只有四岁,而家里又甚至连一张妈妈的照片都没有,但弯弯依然清楚地记得妈妈身上的味道,那么甜蜜那么温暖。妈妈抱着自己的时候,就好像是被阳光照得暖暖的,就算是不记得妈妈的样子,她也不会忘记在妈妈怀里的感觉,那是任何人都无法带给自己的安全感……

虽然弯弯是真的想见妈妈的,可是含曦知道那永远不可能了。死亡将两母女永远的隔绝开来,现实如此残酷苍白。

含曦还想再说点什么,电梯的门突然被打开了,传来莫愁的叫嚷声:"弯弯,快进来,你爸爸急坏了。"

弯弯应了声,临走前忽然回头,目光冷冷地瞅着含曦,吐了句:"大人都不是好东西,都是骗子!你一定是莫愁请来的,你们都联合起来骗我!"

还真是第一回尝试到失败的滋味,含曦很是无奈,这样的失败就等同于她的演技受到了质疑。

她呆住,目送着弯弯在自己眼前消失,良久都忘了要起身。

一整天，含曦的心情始终是闷闷的，因为弯弯的原因。并不是因为自己居然失败了，而是这个小女孩临走时的哭诉，多渺小的愿望。莫愁说弯弯很任性，可是在含曦看来她一点都不任性。

她并没有要求爸爸给她星星月亮这些遥不可及的东西，只是希望有个人可以像妈妈那样陪她说说话。从那间莫愁临时租下来的通灵室离开后，含曦又逛了一下午。

忘了什么时候起，含曦几乎已经有了习惯，遇见不开心的事，她就喜欢钻在人多的地方，好像这样就能把那些烦恼给淹没了。

一直到凌睿打来电话，劈头就把她狠狠骂了一顿，勒令她站在原地不准动，等着他来接。

含曦停止了游荡，乖乖地坐在路旁的长椅上，看杨柳随风轻晃，不知不觉春天都快来了。

"喂，你干吗不多穿点出来！"好像并没有过多久，又或许是含曦想得太入神，凌睿熟悉的吼声传了过来。还没看见他的身影，一件厚重的外套就飞了过来，直直落入她的怀中。

含曦认得它，是凌睿的外套，上头还留有他身上独特的味道。

"做什么啊？"她不解地问。看凌睿只穿着单薄的白色毛衣在她身旁坐下，她更觉得不舒服。这家伙都不冷吗，为什么要脱自己的衣服给她。

"穿上啊，不然还给你吃啊！"凌睿没好气地说了句。见含曦依然没有反应，索性自己动手帮她穿上，还不停地叨唠，"现在的天早晚温差很大，以后出门多穿些，感冒了就麻烦了，还是要我来照顾。还有,这个热牛奶,是刚才在超市里买的,你拿着捂手……"

"凌睿,我心情很不好。"凌睿的关心,让含曦觉得自己像个孩子,理所当然地想要依赖他。从前的含曦即便受了天大的委屈,也是一个人默默地承受,可是现在,她只想把所有烦恼一股脑地告诉凌睿。

闻言后,凌睿顿了顿,然后继续自己的动作,确认将含曦包裹得严实无误后,他仍是觉得不放心。最后,干脆把她揽到了自己怀里,替她挡着风。

含曦的顺从让他觉得很满足。把头搁在她的肩胛处,凌睿轻柔地问:"发生什么事了?"

"弯弯……让我想起了以前的自己,我很想帮她,可是无能为力……"

"会吗?"凌睿自顾自地呢喃,"那要看你用什么身份去帮她了,我们跟委托人之间是没有感情的,可是如果单纯地以一个姐姐的身份去对待,也许效果会更好。"

"姐姐……是啊,以前我也好渴望能有个姐姐,她可以读懂我所有的心事,可以鼓励我撑下去,等到妈妈回来。可是没有,所有对我好的人,只是因为妈妈的托付,只是把我当作一个什么都不懂的孩子。"忆起往事,像终于找到了一个能说话的人,含曦越说越多。

凌睿始终沉默聆听,不知不觉地把含曦拥得更紧了。

听她提起小时候,凌睿的心很痛。虽然比起自己,含曦吃过的苦也许不算多，但是凌睿仍旧希望，以后含曦的回忆里不要再有悲伤和难过。就像此刻，再大的风雨都有他替她抵挡。

"含曦，别再说了，都过去了。以后，你的每一天都会是快乐的。"

"那你呢？"含曦微微仰起头，看着凌睿，顽皮地用额头磨蹭着他的下颚，零星冒出来的胡楂刺得她酥酥麻麻的，可是这种感觉很真实很温馨，"以后你是不是也会一直都陪着我快乐？"

意识到含曦头一回对自己主动亲近，凌睿的身体紧张得僵硬了起来，他甚至不敢动，怕只是一个呼吸也会惊扰了她，小心翼翼地，他不想放过这个让她坦白内心世界的机会："我会陪你，但是你得给我个理由让我陪。"

"我不想一个人……"含曦说得很轻，夹杂着许多的依赖。

虽然仍不是凌睿想要的标准回答，可是他觉得够了，不想勉强她。想着，他笑开了："那就永远两个人，一起享受双份的快乐。别想太多了，跟我回去好好睡一觉，明天我们出去逛逛，就当散散心。"

"好。"

是誓言吗？含曦想着凌睿的话，她开始不大确定自己的心意了。她清楚自己是喜欢凌睿的，也是真的依赖他，可是这份喜欢是不是真的浓烈到了"爱"的程度？还是，就像自己刚才说的，单纯地害怕寂寞，不想再面对一个人的生活了？

这些想法含曦不敢说出来，她还是怕的，怕这些话会伤了凌睿的心，把他逼走了。

早春的寒是刺骨的，空气里有柳絮随风飞舞而来，含曦散漫地踱着步，手被凌睿呵护着藏进了外套口袋。

赏着眼前的一草一木，含曦忽然发现自己最近好像爱上了这样的古建筑。它们有二三十年代特有的韵味，斑驳红墙绿瓦，周围是竹制的篱笆，里头有各色花花草草，置身于其中，有一种悠久难得的惬意。睨了一眼凌睿似笑非笑的侧脸，含曦也跟着偷偷笑了起来。

昨晚她不过就是盯着电视播放的画展新闻，眼神多停留了几分钟，凌睿就能准确无误地猜出她的心思，一早就逼着她起床，拖着她来到美术馆。

含曦一直很喜欢这个画家的画，尤其是他细腻的笔触，总能将各种女性的神韵刻画得相当写实生动。

拿着宣传单，含曦正琢磨着，就听见凌睿张扬的声音在一旁响起："喂，我昨晚好不容易订到的票，你就不能表现出小小的感动吗？"

"哈哈，我好感动哦！"含曦回神，大笑着配合起他。

"你好假。"凌睿无奈地瞪了她一眼，还是很没用地沉溺在她无邪的笑容里。

不似其他女孩，含曦有自己的想法和主张，更多时候谁也勉强不了她。凌睿喜欢她这样的坚韧和独立，可这却也是他最害怕的。他总觉得握住的这双手还不够有把握，他害怕他们不够长久，她的心思游移得太快，凌睿怕自己追不上，也抓不住。

"怎么了？"从遐想中清醒后，凌睿才发现含曦突然顿住脚步,目光定定地望着远处。

当遇见了自己遗失的影子,我会希望,她比我快乐。

含曦的视线始终落在不远处,刚才还轻松的气氛好像不见了。

听闻凌睿的询问,她扯回视线,严肃了起来:"那边……是弯弯和莫愁。"

"原来那个女人就是莫愁啊。"顺着含曦眼神所指的方向,凌睿望去,皱眉思忖了起来。

这个莫愁跟他想象中的简直大相径庭。她很有气质,高束的盘发让她整个人看起来很干练,却不怎么亲切。嘴角虽然在笑,可能明显地感觉到敷衍,显然她对这些画并没有太多的兴趣。反倒是弯弯,经过精心打扮,很难认出她就是最近红透了半边天的小童星。

她微张着唇,站在一幅女性画前,久久不肯离去,画上的女子托着腮,眉宇间投射出来的是温柔。

"好了,弯弯,时间差不多了,你不能再看了,我们要去片场了。"莫愁终于忍不住了,不耐地催促。她很不明白,这才八岁大的孩子怎么会喜欢上这种东西,若不是早上这丫头特地当着她父亲的面求自己带她来,莫愁才不会浪费任何时间来这种鬼地方呢。要知道,以弯弯现在这样的知名度,每一分钟都是宝贵的。

"等一下,我想再看一会儿……"

"不看了,走了!"完全不理会弯弯的反抗,莫愁弯下身,强行抱起弯弯就往外走。

出乎含曦和凌睿意料的是,弯弯没有像其他孩子那样哭闹,她的目光还是锁定在那幅画上,留恋极了。唯一的表情不过咬了咬唇,有丝无奈的沮丧。

"她看起来好像很不快乐,上次你的工作失败了吗?"凌睿转过头,这才想起含曦一直都没对自己说过那件事。

含曦挥了挥手,开始烦躁:"别提了。"

"是不是不太喜欢莫愁?"凌睿很高兴,因为他能一眼看穿含曦的心思,足以证明她在自己面前是完全真实的。

"嗯。"含曦点点头,很坦诚。凌睿想到可能她看到弯弯,回忆起了自己小时候。他觉得有些不忍,尤其是她那无助的目光。

隔了一会儿,他继续追问:"莫愁后来没打过电话给你吗?"

"打过,我说我要陪男朋友,等我过一段时间再说。"

"傻瓜,真是任性!"虽是斥责,可是凌睿的口气怎么听都是开心的,含曦居然为了自己放下所有事,他非但不想责怪,反而高兴极了,"我们跟去看看吧。"

"咦?"含曦反倒觉得惊讶了,想起凌睿之前拼命地训斥她将自己暴露在危险中的表情。没想到,这时候他居然主动支持她。

"喂,愣着做什么!再耽搁下去就追不上了!我工作完成啦,可以保护你,你能放心地工作了。"

凌睿歪着头,挑开唇角。这话听起来很矛盾,更像是玩笑,但是听到含曦的耳里,却是无比甜蜜。她快步奔上前,挽住他,沉溺在凌睿给予的温暖里。她发现原来自己也不过是个小女子,渴望被人捧在手心里呵护。从前所谓的坚强,也许只是因为凌睿还没出现罢了。

不断有声响从封闭的厨房内传出,噼里啪啦,扰得凌睿心绪不宁。他不停地探头张望,手中的遥控器在他的蹂躏下已经转换了无数个频道。最后他放弃了,实在没法静下心埋首在足球比赛里。他起身,随意扔出遥控器,阔步往厨房走去。

凌睿背着双手,注视着跟前那抹忙碌的身影,担忧地问道:"你真的觉得这样就可以吗?"

"不知道,试试吧,总比放弃好。"含曦回了一句,继续忙碌开了。

犹豫了半晌,凌睿卷起袖子,认输了:"我帮你吧。"

自从那天从片场回来,含曦就打电话给莫愁,表示想继续那个任务,但是不希望莫愁过问她到底用什么方法。莫愁很开心,只要是含曦提出的要求她都答应下了,电话那头的声音是兴奋的,显然最近的弯弯让她很难堪,给她找了不少麻烦。

"可是,你真的打算让弯弯答应她爸爸和莫愁的婚事吗?"翻搅着碗里的蛋清,凌睿皱起眉。虽然才一面之缘,可他很不喜欢那个叫莫愁的女人,尤其是那日她在画展上对弯弯趾高气扬的训斥,他想,含曦一定也不会喜欢的。

果然,含曦挫败地放下手里正忙碌着的活,皱起鼻子:"我正在想,有什么办法可以让弯弯爸爸认清莫愁的真面目。他们一起来委托我的那天,莫愁可温柔了,跟在弯弯面前判若两人,如果她真做了弯弯的妈妈,弯弯一定不会幸福。"

"算了，先别想太多。先想办法让弯弯快乐起来，其他的事总会有解决的办法。"那个才八岁就一直愁眉不展的女孩，看上去真可怜，如果有人疼爱有人关心，她一定会很开心吧。

"嗯。"含曦心不在焉地应了声，觉得心里难受，闷闷的。

她突然转过头，轻声问："凌睿，你会帮我，会陪在我身边是不是？"

"你说呢？"好不容易逮到机会，凌睿本想嘲笑她一番，含曦竟然也有依靠别人的时候。可她眼里闪烁着的眸光让他认真了起来，"傻瓜，你的事就是我的事。你只要放手去做，保证自己的安全就好，我会永远在你身后。"

"那就好……凌睿！不准偷吃，那是明天要给弯弯的！"

像吃了颗定心丸般，含曦安下了心，也觉得舒畅多了。原来凌睿一边说话一边不停地偷吃，抑制不住的含曦用力出声。

只是对于凌睿来说，这吼声没有任何的杀伤力，他只是顽皮地耸肩、耍赖："你做的东西特别好吃嘛！"

不理会含曦愤怒的瞪视，凌睿自在得很："别看我啊，我一直在你身边，少看几秒也不会有什么事的，赶紧做呀，明天还要给弯弯送去呢。"

他说得悠然自得，完全不顾一旁要抓狂的含曦。

含曦很无语，她真的很好奇怎么有人可以在前一秒还一脸正经，后一秒又变成了孩子似的耍着无赖。她的心渐渐软下了，望着他忽然又严肃起来的侧脸，不禁发呆，到底怎样的凌睿才是真实的？

· IS YOU GIVE ME ·
THE BEAUTIFUL BUBBLES ·

是缘分,是巧合
又或是冥冥中的宿命

第七章

总会有那么一刻，
你陪着我，我陪着你，
都以为对方就是所有。
· IS YOU GIVE ME THE BEAUTIFUL BUBBLES ·

隔日一早，含曦以身体不舒服为由让雷蕾替她请了假。雷蕾说，教授的表情波澜不惊的，只是说"我知道了，柳含曦嘛，你下次告诉她请假就不用说了，习惯了，哪天身体是舒服的，能来上学了再特地来告诉我，这样我比较会当回事"。

雷蕾在电话那头边说边笑，听筒里的声音传入凌睿耳中，他也在一旁张牙舞爪地笑，只有含曦感觉到有冷汗正在不停地滴下。

在凌睿的坚持下，含曦坐着他的摩托车来到片场。因为要赶着去上学，凌睿没法陪她，临走时，还是不停地叮嘱着："记住，要小心，有什么事立刻打电话给我，不要一个人逞强，不要……"

"不要鲁莽，不要冲动！好啦，好啦，我都记着了，放心吧，我不会让你太闲的。"含曦苦笑，从昨晚起，这样的话凌睿都叮唠了好几百遍了，他还那么乐在其中。

"喂，我很认真！你要是敢出事，死了我都把你打醒！"

"你就不能说点吉利的吗？真是，我走了，等我电话，晚上记得来煮饭给我吃。"含曦挥了挥手，像只蝴蝶般飞走了。

看起来没有一丝的依依不舍，让凌睿很苦恼，到底什么时候他才能在含曦的眼中看见她对自己的爱？

他甩了甩头，发动起车子，扬尘离开了。罢了，不管柳含曦是怎么样，就算她至今为止从来没说过爱他，那又如何？能一直一直这样守护着她，对他来说，已经是幸福了。

片场很混乱，也很嘈杂。守卫很严，含曦知道自己不见得能轻易混进去的。

今天的她打扮得很成熟，长发被盘了起来，一身白色，干练中透着温婉。在片场附近徘徊了好久，她终于找到了机会，随着人群溜了进去。

那边是室内场景，女演员坐在那儿，一堆人正束手无策地看着坐在地上的弯弯。莫愁的吼骂声充斥在空气中，很刺耳，含曦很不满意地皱眉。

"我的大小姐！算我求你了好不好，你可不可以快点进入状况，一会儿还要赶另外一出戏，不过是要你叫一声'妈妈'而已，有那么困难吗？"

"她一点都不像我妈妈！"弯弯不服输，小小的身子挺了起来，回吼着。

引来一旁阵阵讪笑，莫愁更是掩嘴，笑得尖锐："见鬼了，难道还真要找你妈妈来演戏吗？你大概都快忘了你妈妈长什么样子了，就当成是何小姐这样不就好了。"

弯弯的脸瞬间垮下来，莫愁的话无疑刺中了她的软肋。在她四岁的时候母亲就死了，在她的心里确实没有留下深刻印象，可是那又怎么样，她觉得不像就是不像！

含曦看着沙发上的那个女演员，她正一脸不耐烦，不停地跟助理抱怨着。

含曦认得她，她是最近刚红起来的新星，也就是莫愁口中的何小姐。之所以认得她，是因为就在前不久，她才和妈妈上了同一档节目。

每个人都这样，偏偏就是没人愿意耐下性子去柔声规劝弯弯。他们难道都忘了，那个女孩虽然是个冉冉升起的童星，可她毕竟只有八岁！

"小姐，你是哪位，为什么会在这里？"

含曦正想得入神，一声惊讶的吼声传来，她瞬间成了整个片场的焦点。

"我……我是弯弯的姐姐。"含曦支吾了片刻，轻声地说道，垂着头，有点迟疑。她不想欺骗，于是采用了凌睿提议的方式，作为一个姐姐，慢慢地走进一个女孩的内心，听弯弯的故事，陪弯弯发泄。

"你在胡说什么！"这次说话的是莫愁，身为弯弯的经纪人，她确实最有资格在这个时候发飙。众人多半知道她和弯弯父亲间的事，于是大伙的目光都看向了她。

看着莫愁，含曦很不舒服地拧起眉头，眼神里有不修饰的厌恶，她怯弱又坚定地回答："我没胡说，我真的是弯弯的姐姐。"

没人能确定这场家庭闹剧中,谁真谁假。导演犹豫了半晌,吩咐暂停,大伙先休息一下。

得了空闲,弯弯小跑步冲了过来,没等莫愁有机会继续做出反应,她牵起含曦的手就往外走,甚至连声招呼都没有。

出乎大伙意料的是,向来脾气不好的莫愁,这回居然没有阻拦,由着弯弯胡闹,她看着她们背影,甚是得意。

她转身若无其事地向导演道歉。

导演不解,只顾着怔怔地点头。

"你为什么会来?"

一直跑到后边的花园,弯弯才停下脚步,在长椅上坐下,询问道。她的脸上是开心的,可对含曦她多少还有些防备。

"我亲手做了些点心,想到你了,想带来给你吃。先说哦,我很笨,就算不好吃,弯弯也不能嫌弃哦。"一字一句,含曦都在心里仔细斟酌过。对于这个戒备森严的女孩,她清楚自己的做法不能太急于求成。

"点心!"弯弯闻言后,眼神中闪耀着兴奋的光芒。她伸出小手,可是就在快要接触到糕点时又停住了,冷哼了一声,"没用的,不管你做什么都接近不了我,你只是莫愁请来演戏的,是坏人。"

"我不喜欢关小姐。"这句话含曦脱口而出,其实也是她的真实想法,她不想要掩饰。在弯弯炯炯的逼视下,她转过头,轻柔地抚上她的发,"你不喜欢那个工作吗?"

"不是,我只是不喜欢那个女演员,她一点都不像妈妈。"

柔软的触感传递着暖暖的味道，仿佛有魔力般，让弯弯瞬间就被蛊惑了。她真的好想找个人陪自己说说话，关注她的感受。而含曦正努力尝试着走进她的内心。

"你见过你妈妈吗？"

"没有，家里没有任何照片，就像从来没有存在过这个人一样。可是我就是知道，妈妈不是他们那样的，因为我记得妈妈的感觉。小时候妈妈每天都抱着我，我特别喜欢她身上的味道，在妈妈怀里，我就会觉得很温暖，我觉得，我妈妈肯定是这个世界上最漂亮最善良的人……"

弯弯下意识地蹬了蹬腿，表现出了适合这个年纪的女孩该有的娇纵，微卷的发披散下来，如同洋娃娃般，好看极了。

含曦有些恍惚："我知道，是不是妈妈应该像雷偌瓦画中的女子一样？"

想起那次在画展上遇见她，弯弯拼命地盯着那张画看，含曦大胆地臆测着。

她没想到，这竟然换来弯弯惊讶的目光，也正因为这句猜测，似乎让这个女孩彻底放下了戒心："你真的不是莫愁请来的人？"

小孩子到底还是单纯，含曦轻笑，到底是个孩子。她微弯下身子，递上蛋糕给弯弯，并没有回答她的话："那你一会儿可以把那个女演员想象成妈妈的样子啊，就想着是妈妈在你面前笑着，这样就可以了。"

"真的可以吗？可是，弯弯好累。"弯弯撒着娇，窝进含曦的怀里。

"累了吗？没关系，我像你那么大的时候有好多个梦想。想过跳芭蕾，想过学溜冰，最后都放弃了。你还小，有的是时间追逐自己的梦想。"含曦在撒谎，哄骗着弯弯，只是为了让弯弯能快乐些。

从小到大，含曦唯一的梦想就是演戏，甚至贪心地盼望能站在母亲身边，在离她最近的位置，和她一起演戏，但是长大后含曦才知道这是不能有的幻想。

"其实……弯弯不讨厌这个工作，只是，只是……想偶尔休息一下。"

多单纯的愿望，含曦愣住了。她不知道对于一个八岁女孩来说，最大的烦恼竟然是没法休息。愣了半晌，她接不上话，只是怜惜地看着弯弯。

反倒是弯弯笑开了，含曦无意中展现出来的温柔和爱护，让弯弯觉得很满足："没关系了，姐姐陪弯弯一块吃蛋糕。等一下，弯弯表演给你看，弯弯很厉害哦！"

"嗯。"

清晨的花园里格外清新，淡淡的泥土香味扑面而来。这一刻，恬静得足以让人忘却所有的烦恼。就连从前觉得吵的鸟叫声，都显得很悦耳。

弯弯笑着，红扑扑的小脸上还有些婴儿肥，这样的笑容让含曦很心软。她温柔地替弯弯擦去嘴角的蛋糕屑，也跟着她一块笑。

安详和谐的气氛一直持续到场务匆匆而至。弯弯跳下椅子，紧紧牵住含曦的手，神采奕奕地往片场走去。

"她叫柳含曦，是弯弯的姐姐，谁都不准赶她走！"这话像是对着刚才嘲笑含曦的众人说的。弯弯的眼神直直地看向莫愁，交代完，她甜笑着看向含曦，"含曦姐姐，你在这儿等我哦，一会儿我们一块走，我马上就好。"

说完，她雀跃地离开了。蹦跳间，发丝在她肩上顽皮地跳着，漂亮得让人不远移开目光。

注意到莫愁的眼神，含曦起身，望了一眼已经彻底投入角色中的弯弯，才放心地随着莫愁一起退到外头的走廊上，还是一样，她依旧不喜欢莫愁。

有些人的孤单，有时比你想象的更孤单。

"柳小姐，真的很谢谢你。"确认四下无人后，莫愁笑着，对柳含曦很是客气。

"不必谢。"

说不清为什么，含曦觉得心底酸酸的，堵得慌。她不想用天赋的演技去欺骗一颗单纯的心，这样是唯一两全的方法了。幸好，莫愁并没有太多意见，含曦觉得，对莫愁来说过程并不重要，重要的是结果。

"呵呵，到时一定请你喝喜酒。"

听着莫愁刺耳的笑声，含曦别过头，冷声说："不用了。"

隐约地，莫愁觉得今天的柳含曦很不对劲，沉默了不少。还没来得及开口询问，策划就跑了过来，急急地追问："关小姐，那个……弯弯再接两部片,真的没问题吗?"

"有什么问题?"莫愁的口气很强硬,不容置疑。

"可是,弯弯的爸爸说了,最近尽量替她安排点休息的时间,让她喘喘气……"

"我是她的经纪人,我说了算!"

含曦立在一旁,皱眉听着他们的对话,这才终于明白,为什么刚才弯弯会说累,不过是想休息片刻,可是她的工作被莫愁安排得完全喘不过气。

"那就好,那个弯弯母亲还活着,我们要去追踪报道的策划,需要让弯弯参与吗……"

这句话问出口,莫愁立刻变了脸色,慌忙斜了一眼柳含曦,赶紧拉过策划,走到了角落边,压低声音,窃语着:"当然要,这种事私下里说,我还不想让太多人知道。"

"哦,好的好的,对不起。弯弯只身为了母亲去纽约,这个策划要是出来,一定能赚到好多眼泪和人气,哈哈,没准连身在纽约的弯弯母亲都要惊讶死的……"策划笑着,一路远去了。

莫愁之后又说了什么,含曦完全没有上心,不过是些妄想消除她疑虑的开脱之词罢了。她的心思全绕在了刚才那件事上,弯弯的母亲没有死?难道一切都是谎言吗?

凌睿端着牛奶,吹着气,试图让它可以不再那么烫。他缓缓步出厨房,将杯子递给含曦后,看她喝了几口,才放心地在她身旁坐下。

这丫头，喝个牛奶就像要了她命似的。好说歹说，他整整用了两个小时，软硬兼施，才好不容易说服了她。

随手拿起一旁的杂志，恰巧看见封面上弯弯的照片，凌睿这才问道："确定不是为了哗众取宠才想出的策划吗？"

"啊？"突然抛出的问题，含曦显然还没反应过来，思忖了半晌，"嗯，我觉得弯弯的母亲也许真的活着。"

"可是怎么可能有人明明活着，还狠得下心一直不来看自己女儿的？"

凌睿托着头，忍不住插了一句，却没想到，这句无心之语伤到了含曦。

含曦的笑容顿住了，垂下头，面无表情，这让反应过来的凌睿手足无措了起来。

"呃……对不起，对不起，我不是故意的。"

明明是压抑了那么多年的委屈，不被人关注倒也好，可是凌睿这样当真了起来，反让含曦更加难受。

见她这样，凌睿索性闭嘴不说话了，怕自己一错再错，赶紧一把将她拥入怀中，不自然地换过话题："明天我就帮你去调查弯弯的事，别想了。"

"对了，明天我要住进弯弯家。"含曦也没心思自怨自艾，过去就过去了，只当是一场梦，梦醒了，痛也好了。她就着凌睿的话，说起了她的安排。

"不准！"凌睿强势起来，刚才的温柔烟消云散。

他很愤怒。没开玩笑，弯弯爸爸可是正值壮年，而且样貌家世都拿得出手。他怎么可能放心让含曦跟那个男人在一起，那还不如要了他的命。

看他流露出的孩子气，含曦心头一暖，笑了起来："弯弯的爸爸今晚出差了，她不想跟莫愁一起住，请问这位先生，还有其他问题吗？"

"喂，你不会早说嘛！"凌睿松了口气，恢复了镇定的样子。

"哈哈，傻瓜。"含曦忍不住取笑，"明天送我去吧，调查清楚那件事，请过来告诉我，我怕电话里说不清。"

"咦？让我来找你，不怕弯弯看到而前功尽弃吗？"

"怕什么，弯弯不是那么蛮不讲理，何况她真的把我当作姐姐，难道姐姐有男朋友她会排斥吗？"

"嗯，乖。我很喜欢男朋友这个称呼，哈哈……"

凌睿得意忘形地笑，冷不让被含曦用力扔去的抱枕砸中。说实话，有时候柳含曦真的很想狠狠地把凌睿揍一顿，他总是喜欢逗她，可气的是偏偏含曦每回被他取笑，还会觉得生活很美好。

她疯了！

有些事不该去探究的，结局会让人觉得心碎。

既然含曦说自己可以去找她，没有多大关系的，凌睿便很听话的，三天两头就往弯弯家跑。

诚如含曦曾说，弯弯真的是个很缺乏安全感的孩子，比起她还更胜一筹。

起初，弯弯对凌睿是疏离的，就好像有个人莫名其妙地闯进了她的生活般,弄得含曦好几次丝毫不给面子地将他往外面赶。一直到一个星期后的现在,凌睿一脸铁青,双手若有似无地敲打着椅子扶手,他开始后悔了,为什么要接近这个女孩,为什么要用实际行动来验证"女人都是魔鬼"这句话。

"含曦姐姐,我等一下还要去这边看!"端详着手中的地图,弯弯叫得很大声,怪怪的,今天的她看起来格外兴奋。

话音刚落,换来含曦附和的笑声,以及……凌睿痛苦的哀叫声。阳光洒在他的脸上,照得那张逼人的俊脸更有真实感。

弯弯痴痴地看了很久,又一次忍不住赞道:"睿哥哥,你真的好帅。"

"大小姐,这句马屁你已经拍了几百次了,我再也不会说'甘愿为你效劳'了!"天知道他的痛苦,他真的好累,就这样陪着一大一小在这植物园里不停地逛了一天了,铁人都需要休息,这两个人怎么就可以一点都不累呢?

说来,弯弯和含曦还真不是一般的像。最近含曦据理力争,替弯弯争取来不少天的假期,可这孩子竟然不想去游乐园之类的地方。昨天逛了个雕塑展,今天则吵着闹着要来植物园,这些喜好都和含曦像极了,会是同样的经历使然吗?

"啊……含曦姐姐,睿哥哥看起来好像很累。"弯弯这才注意到他脸上的倦容。

顺着弯弯的目光望去,含曦正对上凌睿肆无忌惮的目光,脸红了一下,然后开始无辜地眨起眼:"你累了吗?昨晚不是很早就回去睡了吗?没睡好吗?"

"当然，没有你睡得不习惯。"凌睿说的倒是事实，却更是喜欢看含曦因为这句话涨得通红的脸颊，可爱极了，娇艳欲滴，让他都忍不住想咬上一口。

可他忘了身旁还有个比含曦更难对付的小恶魔。被他们俩遗忘了很久，弯弯坏坏地笑开了："那睿哥哥就好好休息一下吧，在这里等我们，我们自己去逛好了。"

"可以吗？"其实他不过是怕太阳，照得人慵懒。

"当然可以啊，不用担心含曦姐姐的。刚才一路走过来，我看见好多男孩子盯着她看，如果真有意外，一定会立刻有人愿意出现保护她的，睿哥哥放心吧。"

凌睿敢打赌，这小鬼绝对是故意的！更让他无奈的是，含曦居然还故意呼应起来："啊，真的吗？好看吗？怎么刚才不叫我看，真是的！"

"我们等一下可以趁睿哥哥不在，折回去看。"

"好呀好呀……"

"柳含曦，你敢！想都不准给我想！"没辙了，即便知道她们是故意的，凌睿还是一头往套里钻了，谁让他就是在乎她，"走，不是说要去那里吗？快点啊！"

说完，他二话不说牵起含曦，顺手抱起弯弯。远远看去，俨然就像一家三口，这样的组合可算是羡煞了不少人。

偌大的屋子里，时钟嘀嗒嘀嗒地走着，客厅里弥漫着温馨的灯光。暖暖的屋子，蒸气熏得窗户雾蒙蒙的，眺望去瞧不清外头的景。沙发上窝着一大一小两个身影。

"他们好幸福……"

"是啊。"弯弯翻了个身,调整了个舒适的睡姿,依旧枕在含曦的腿上,蜷缩成一团,典型的婴儿睡姿。

顺着她的呓语,含曦随意答了一句。弯弯是个很好哄骗的孩子,含曦只是这样静静地跟她讲着故事,她就睡着了,不吵也不闹,她不过是渴望有个贴心的人陪在身边。

这几天的相处一直很快乐,唯一让含曦觉得心酸的竟是那些耳熟能详的童话故事,弯弯居然一个都没听过。纵使自小同样失去母爱的含曦,好歹还是被修女宠着,此刻她才觉得天下间可怜的人太多。

相较而言,自己真的很幸福。有妈妈,还有……凌睿,想着,她的脸颊边蔓延开笑意。

她轻缓地抱起弯弯,往楼上走去,这孩子是该好好睡一觉了。要不是最近天天粘在一起,含曦几乎不敢想象,她居然有那么惊人的工作量,当真是连呼吸都是奢侈。

侧坐在床沿,贪看着她的睡颜,含曦有些痴神了。弯弯真的是很漂亮,尤其是睡着的时候静静的,就像一尊精心雕饰出来的瓷娃娃,让人爱不释手。她开始困惑了,如果弯弯母亲真的还活着,舍得放弃这么可爱的孩子吗?

若换成了自己,恐怕一定会寸步不离地守着,只想能看着她慢慢长大,比什么都满足。

正想得入神,手机响起,含曦怕吵醒她,赶紧往门外跑。看是凌睿的电话,她又笑开了。

"喂,有事吗?"

"我在门外,有重要的事跟你说,赶快出来。"

电话彼端,凌睿的声音听起来很急躁,让含曦不舒服地皱起眉,不安的感觉在心里泛开了,想必凌睿该是调查出了眉目。她发现自己是真的对弯弯用心了,这一刻她竟然紧张了起来,害怕听到真实的结果。

打开大门,含曦将凌睿迎进了花园。外头下着细雨,看他狼狈的模样,含曦赶紧拉他进屋里,细心地帮他擦着身上的雨丝,就怕他感冒。

"她母亲……在弯弯四岁的时候离开,确实没死。"

纵然有了再多的准备,含曦还是没了反应,愣住了。

良久,直到凌睿担心地抚了抚她的发,温暖的触感才让她回了神。她的声音听起来平静得可怕:"那是为了什么才离开的?"

"是离婚,他们夫妻俩在结婚第二年感情就开始越来越不好,之后也许是因为莫愁出现,于是弯弯的父亲就提出了离婚。她母亲拖了很久,最后还是答应了,签完协议后就只身去了纽约,狠心扔下了弯弯。"

这么说来,也不能怪弯弯母亲,含曦偏心地将一切都归咎于莫愁。她忽然觉得,那个女人仿佛一切都是有预谋的。

"不过……现在是真的死了。"

一波波的惊讶让好不容易平复了些情绪的含曦又失神了。她不明白凌睿这句话是什么意思,更不敢想象,如果让弯弯知道这一切，该是多残忍。

就在含曦以为弯弯的母亲还活着，她或许可以让远在纽约的她回来见弯弯一面的时候，凌睿的这句话瞬间让含曦所有的想法全瓦解了。

总会在某一个瞬间，迷失了自己，模糊了自己。

"怎么回事？"沉默了很久，含曦回过神来，颤抖地问。

"弯弯的妈妈去了国外以后，也许因为伤心，也许因为思念，她开始酗酒，后来生病了，很快就去世了。"

"难道弯弯的父亲完全不知情吗？连她死了都不知道吗？为什么不去纽约看看她，只要一句关心一声问候，或许她就不会这么早离开这个世界。"含曦蹙起眉头，情绪有些激动。

"那边有人试图通知过弯弯的父亲，只是消息都被拦截了，压根没传入她父亲的耳中。"

含曦握紧拳，不用细想她也能猜到这是怎么回事，怎么可能有女人那么毒辣。她咬牙切齿地吐出话："我一定不会让莫愁得逞的！"

"千万记得，不要违反职业道德哦。"

虽是开玩笑的口吻，想让气氛轻松些，可凌睿说的是事实。她是莫愁聘请来的，结果反而破坏了她的好事，的确有点违反职业道德。但是含曦清楚，这样她才对得起自己的良心，对得起弯弯的依赖和信任。

正想着，一阵关门声忽然传来，惊扰了客厅里的两人。

探头望去,他们还来不及做出反应,对方就惊呼出声了:"弯弯,爸爸回来咯,提早一天回来了……你们是谁?"

还真会装!含曦不屑地撇了撇唇,明明就是这个男人和莫愁安排了一切,现在居然演得比她还好。犹豫了一会儿,含曦还是配合了起来:"我……我是弯弯的朋友。"

"哦,我记得你,你是那个通灵师。弯弯,你站在那里做什么?"弯弯的父亲问。

这句话让凌睿和含曦同时惊讶住了,他们僵硬地转过头,这才发现弯弯正穿着睡衣,呆立在楼梯角,冷冷地看着楼下的他们。

她是什么时候出来的?难道说,她听到了他们方才所有的话吗?含曦的脸颊上没了血色,她有些不安地紧握住凌睿的手,下意识依赖着他。

"都是骗子!大人没有一个是好东西!"弯弯忽然出声,大声嚷着,竖起了防备,又回到了含曦最初见到的那个模样。

"弯弯,你怎么了?"弯弯的父亲开始不安了起来,目光狠狠地瞪向含曦,"你对她做了什么?"

看他发怒的模样,凌睿挡在了含曦的前头,侧眸打量起眼前这男人。看来,他还是挺在乎弯弯的,那又怎么会丝毫不关心弯弯的生活,就这样全权交给莫愁打理了呢。难道他就完全感觉不到自己的女儿的情绪吗?

"应该问你才是。"凌睿冷哼出声。

"爸爸是个骗子!"伴随着一道发疯般的喊声,弯弯冲了下来,撞向她的父亲,哭了起来,"你骗我,为什么要骗我说妈妈在我四岁时就死了,她到底去了哪儿?"

含曦别过头,不去看弯弯父亲询问的目光,也不想看眼前这一幕,这是他自己造的孽,她管不了,她只是心疼起弯弯来。显然弯弯是听见了刚才她和凌睿的对话,要知道这一切对一个八岁孩子来说是多大的伤害。

"对不起,弯弯对不起,爸爸不是故意骗你的。只是怕你太小,接受不了妈妈离开的事实,所以才这么说的……"

"我讨厌你,讨厌莫愁,讨厌柳含曦,讨厌凌睿!你们全都骗我,合起伙来骗我!"

在弯弯的哭喊声中,她父亲好不容易将她哄住了,有些不好意思地看向含曦,客气道:"对不起柳小姐,这回的事麻烦你了,我想……现在这场戏也演不下去了,剩下的我自己会处理,你们先离开吧。"

"不准走!"弯弯又大叫了起来,挣脱开爸爸的怀抱,眼眶红得可怕,她随手拿起一旁的花瓶,往含曦泼去。花瓶里的水溅开,幸好凌睿及时将含曦护在了自己的身后,虽然被淋湿了,他还是不避开,就这样挡在含曦前面。

"讨厌,为什么连你们两个都骗我!"

显然,含曦和凌睿的欺骗才是给这孩子最沉重的打击。一个封闭了自己好多年的女孩,终于试着敞开心扉,却发现原来不过是一场骗局。含曦可以理解这种感觉,就好像从头到尾被人愚弄了一回一般。

含曦注视着不远处使劲摔东西发脾气的弯弯,痴痴地,心很疼。良久，一个温柔的嗓音响起，低低的："弯弯，妈妈没有骗你，没有骗你……"

就这样一直不停地重复着，一遍一遍，不但慢慢让弯弯停下了动作，更让凌睿好奇地回头，不敢置信地望着含曦，她还是以前的含曦，有着一模一样的脸，可似乎又变得好陌生。

她的眼神空洞得可怕，好像除了弯弯，就看不见任何东西，嘴角的笑容温柔得像能沁出水似的。

"柳小姐，都结束了，你不必再……"弯弯的父亲叹了声，想试图阻止。不料弯弯比谁反应得都快，她只愣了片刻，然后直冲了过去，恶狠狠地将含曦推倒在地，涨红了脸怒吼道："不要再骗我了！"

小小的身影，动作太快，快到这回连凌睿都来不及反应，只好眼睁睁看着心爱的女孩就这样摔倒在了地上。他本想帮忙扶起她，可他却愣住了，看含曦的表情，她的眼神、气质都变了，含曦已经完全投入到了这个角色中。

对含曦这突然的表现，凌睿无法认同，她走了步险棋。在最后一刻，希望能用弯弯母亲的身份，让这个女孩重新振作，感受到温暖和关怀，不要憎恨全世界。可虽然危险，凌睿还是不可否认，他喜欢看这样的含曦，为了演戏而绽放自我的含曦！

"妈妈没有骗你，是妈妈不好，我只能那么没用地一直看着你,可是连伸出手抱你的能力都没有了……"说着，含曦站了起来，眼眶里积满了泪，一眨眼就扑闪而下，"我看着你被莫愁逼迫着转学，一个人被同学欺负，却不能安慰你，不能告诉你'妈妈会保护你'。看着你被莫愁安排的工作压得喘不过气,又不能带你逃离,只好看着你硬撑,是妈妈没用,是妈妈自私。以前只顾着自己逃避,就这样忽略了你的存在,我对不起你……对不起……"

大伙都愣住了,空荡荡的屋子里只不断地飘荡着含曦的"对不起",一遍遍,久久徘徊不散。

"静贤……"就连弯弯的父亲也分辨不出了,他不敢置信地念着前妻的名字,听着她说的每一句话。

"我不信,你是骗子!我讨厌你,就算莫愁不断地给我加重工作,我也没那么讨厌她,因为弯弯从来没有喜欢过她,可是弯弯喜欢你,你却骗了我,我恨你!"

即便脸上已经动容,弯弯还是倔强,她不想被自己最信任的人接连伤害两次。吼出这句话后,弯弯光着脚冲了出去,顾不得外头还下着雨,也顾不得自己还穿着睡衣,就这样发疯似的在黑暗中奔跑。

含曦率先反应了过来,赶紧追了出去……

如果想用生命去守护别人,就放心去吧,因为你背后还有我。

弯弯不敢去猜测刚才见到的人,究竟是柳含曦,还是真的妈妈。她只觉得有人让自己的心很痛,就像刚才她扔出去的那个花瓶,就这样碎了一地,却没人顾得上问它疼不疼。

连绵的雨丝倾打在身上,弯弯已经感觉不到冷了,她只想就这样一直跑一直跑,天真地以为可以来到妈妈的身边,扑入那个怀里，永远也不要再离开。她只不过是单纯地希望能有一个温暖的怀抱给她依靠。

匆忙中，脚踝处忽地传来一阵刺痛，让她倒抽了口凉气，猛地跌倒在地。

听见身后柳含曦的惊呼声，弯弯骄傲地想撑起身子，她不需要任何人的怜悯。

"坐在那里不要动！"隔着街，含曦圈起双手，放在嘴边，大声地叮嘱。

她能感觉到弯弯受伤了，不想再看她发生任何意外，含曦奋不顾身向她冲去。她顾不上那么多了，即便是真的听见了凌睿惊恐的喊叫声从身后传来："柳含曦，不要动，不要！"

含曦不知道凌睿为什么会如此失态，她没有看到不远处，刺目的汽车前照灯正闪烁着逼人的光芒，越来越近。

弯弯无助地坐在地上，张大嘴巴哇哇大哭，想跑，却起不了身。

下意识地，含曦将蜷缩在地上的那个小小身影紧锁进怀里，伸手替她遮挡风雨。她抱紧着那个瑟瑟发抖的身躯，安慰怀里颤抖着的人："没事了，没事了，有我在身边。"

"妈妈……姐姐……对不起！"

弯弯哭泣着，后悔起自己的冲动了，她真的被含曦感动了。这一刻，她不管了，无论柳含曦到底是不是真的妈妈，至少……她是个愿意用生命来保护她的人。

耳边传来的尖锐的汽车刹车声，回荡在深夜的街边。

而这两人一起跌落在一个温暖的怀抱。怀抱的主人不停地囔着:"真是两个笨蛋,柳含曦,你想活活把我折磨死对不对!"

所有人依旧惊魂未定,就连那辆汽车的司机也不停地在驾驶室喘着气,瞪大瞳孔,脸色惨白地看着近在咫尺的那三人。

可含曦和弯弯居然默契地大笑出声,笑声伴随着淅沥雨丝弥漫开来。凌睿哭笑不得地看着这又哭又笑的两个人,看到她们终于安全了,他才跌坐在地上。他深呼吸,吐出长气,放松下心情,和她们一块欢笑。

这样的场景让匆匆赶来的弯弯父亲看傻了。

"喏,吃吧。"温暖的灯光笼罩着的屋子里,凌睿不情不愿地扔下手里的盘子,没好气地开口,"柳含曦,我警告你,要是下次再敢那么冲动,我就饿你三天!"

"知道啦,知道啦。"

含曦大口吃着眼前的美食,鼓着腮,敷衍地点着头,一脸孩子气的耍赖样让凌睿感到束手无策。

原本还想说些什么,至少再训斥上几句的,可电视里传来一阵熟悉的笑声打断了他的思绪。台上那个天真灿烂的孩子,吸引了两人的目光,原来正在播放的是弯弯的专访。

"那作为小童星,你有没有崇拜的其他女明星,或者说让你定为目标努力的女明星?"主持人问着。

弯弯歪着头,俏皮地眨了眨眼,欢快极了:"当然有,她叫柳含曦!"

"呃……呵呵,呵呵,我真是孤陋寡闻,竟然不认识呢。那不管怎么样,还是预祝你在新的经纪公司能待得愉快……"

看着主持人尴尬的模样,凌睿狂笑了起来。他确实觉得很开心,因为含曦的努力,现在的情况看起来好多了。

"听说弯弯父亲着手调查莫愁的事,发现了莫愁的真面目,替弯弯换了经纪公司,也换了经纪人,好像跟莫愁的婚事也不了了之了。"含曦还以为不过是谣言。

"说实话,你还演得真像弯弯的母亲,连我都认不出了。"凌睿想到了弯弯方才的话。就演员来说,含曦确实是极有天分,仿佛她全身的每个细胞都随时准备调动起来。

"说不定我是真的被附身了呢。"含曦继续吃着饭,半真半假地开着玩笑。

"你处处诋毁莫愁,破坏人家的好事哦。"

被一眼就看穿,含曦傻笑了起来,她知道没有什么事能瞒过凌睿的眼。

含曦喜欢这种感觉,不需要太多言辞,彼此了解的感觉。这时,凌睿的电话响了起来,他没有接,但是他们都知道又有新的工作召唤他了。

"告诉我,为什么要奋不顾身地去救弯弯?"按掉电话后,凌睿很认真地看着含曦,他必须得到她的保证,不然怎么也无法放心走开。

含曦甜笑开,脱口而出:"因为你在我身后啊。"

这个回答是不假思索的,在那一刹那她的确没有想过太多,只知道她一心只看着弯弯,不希望她出事。她更明白有个男人会一直在她身后保护她。

所以,含曦不顾一切冲出去了,因为她明白这个世界上也会有人为她奋不顾身。

这……是爱吗?含曦分辨不清,淡淡的喜欢是喜欢,那喜欢加深深的信任和依赖呢?

也许是在乎得越多,就也想得越多吧。含曦不会忘记,最初让她和凌睿走到一起的理由是因为孤单。他们都是怕孤单,却又孤单着的人。那如果有一天凌睿觉得不再孤单了,他会不会离开自己?含曦不敢再想下去了……

"真是拿你没办法……"凌睿看不出她心底的想法,只是轻点了一下她的鼻尖,尽管气恼她这不顾及自己的举动,可至少这个答案让凌睿很满意,"这次是我最后一次接工作了,完成后,我就会辞职,我也希望你能辞职,可以吗?这个职业太危险了,我不想再看你涉险。"

没有原因,他只想自私一回,就算明知道演戏一直是含曦的梦想。可是,他无法再这样折磨自己了,一次次承受着会险些失去她的折磨。

天知道,从覃丝丝的事情开始,凌睿一次比一次惶恐。他不敢想象,如果没有了含曦的日子,要他怎么独活。

原来只是试探性地问问,凌睿并不期望她那么快就同意,也做好被拒绝的准备。只是,他怎么也没料到,含曦立刻爽快地点头了。

"好,我们做普通人!"

含曦说得很坚定，盈盈浅笑，任凭凌睿激动地握住她的手。她是害怕的，生怕没有了这份工作的自己会慢慢枯萎。可也明白，她不能做一辈子的特殊演员，就像凌睿一直说的，或许是该为将来打算一下了。

将来……含曦一直不敢去想的词汇，可太多事不是不想就不会发生的。

这样的结果让凌睿很开心。没有多话，他用厚实的掌心包裹住含曦的手，很想吻她，却又不敢造次。

最后，凌睿只是用温柔的唇，轻轻覆上含曦的额。

蜻蜓点水般地一吻，他能感觉到含曦身子一震，脸烧得发烫。他想，也许一辈子不仅仅只是他一厢情愿的希冀。

· IS YOU GIVE ME ·
THE BEAUTIFUL BUBBLES ·

是缘分,是巧合
又或是冥冥中的宿命

第八章

一直以为在身边的人,
蓦然回首,
原来相隔山长水远。

· IS YOU GIVE ME THE BEAUTIFUL BUBBLES ·

上弦月高挂在夜空中,华灯初上,位于城中的小吃街才刚刚开始热闹起来。

穿梭在黑压压的人群里,有几个身影显得格外鬼祟,他们的步伐有些奇怪,来往的路人忍不住投去好奇的注视。不知道走了多久后,其中一人终于忍不住了。

她停下脚步,眼神徘徊在周围香气四溢的美食上,咬了咬牙,下定了决心:"不管了,被认出来了再逃。好不容易出来了,至少也让我品尝一下美食吧!"

听到这话,含曦也跟着停下脚步,知道再多劝说都没用了。

从下午去片场看妈妈起,含曦已经劝了无数遍了,无奈妈妈就像是吃了秤砣铁了心似的,硬说要来小吃街逛逛,说要找回以前的感觉。

凌睿憋着坏笑,打量着柳如烟的扮相,忍了好久,到底还是按捺不住了,索性豪爽地笑出声:"阿姨,你放心,这个样子绝对不会有人认出你来的。"

"真的吗?"柳如烟很开心,甚至还得意地冲含曦挑了挑眉,"听见没,放心吧。"

"就算认出来了,顶多就是明天头条又多了我们两个人的绯闻。"在之前扮演柳如烟男朋友的过程中,他和柳如烟也算是熟悉了,这回自然地搂住她的肩,开起了玩笑。

在凌睿的认知里,柳如烟的性格很多变,时而像个孩子一样单纯,时而又会忽然变得冷漠异常。她常常一个人静静地发呆,总是有什么心事似的。

含曦没办法,转而一想,既来之则安之吧:"好吧,那么我们去吃街头的过桥米线!"

她这么一说,气氛立刻活跃开来。

柳如烟很是雀跃,加快了步伐又折回了街头。含曦望着母亲的背影,有些错愕,母亲的变化太大,从前她是很少这样和颜悦色地对待含曦的。

在含曦的记忆里,自己的存在一直都是妈妈的耻辱,妈妈甚至从来不告诉含曦,她的父亲是谁。含曦也不敢问,很小的时候问过一回,妈妈大发了顿脾气,足足饿了她一整天,从此,含曦就怕了,再也不敢提起。

"怎么了?"看出了她的异样,凌睿正经起来。

"没事,赶快去吃东西吧,我今天要扫荡这整条街!"甩去烦恼,含曦抛给凌睿妩媚的眼神,举起手,煞有介事地宣誓,匆忙往前跑去。

无奈地摇了摇头，凌睿真觉得自己败给这对母女了，这两人未免也太像了，都这么多变。他望了望那两道背影，是怜惜的目光。每次陪含曦去看望柳如烟后，她都很开心，能见到含曦开心，凌睿就会觉得很满足。

生活若是一直这样下去，多好，即便是一辈子，都会嫌短……

"含曦，一起去嘛。"

放学的铃声才响起，雷蕾就以最快的速度缠上了柳含曦，极尽所能地撒娇。

无奈，换来的依旧是含曦的不理会。她低着头整理着东西，闷闷的。

"你很过分啊，每天一放学就离开，躲了我那么久。现在，人家难得有事求你。"雷蕾真的生气了，嘟起嘴，抱怨起来。

"好吧。"

含曦突然开口答应。

身旁的雷蕾惊讶地张开嘴，一脸不敢相信。

"怎么了，她们不是已经先去了吗？还不快点。"含曦直起身，若无其事地看了雷蕾一眼。本能地，她想拒绝的，一向她都懒得放学后闲逛。可是转念一想，今天自己也不想回家，所以就成全了雷蕾吧。反正不就是陪同班的女生聊聊天嘛，雷蕾多半也是好意，看她最近闷得有些反常。

"哦，好好好。"回过神后，雷蕾立刻挽起含曦往教室外冲去，生怕她一眨眼又会改变了主意。含曦的心思一直都多变得很。

当两人赶到聚会的餐厅时，大家已经全到了，甚至贴心地为含曦和雷蕾点好了饮料。

含曦客气地微笑，尝试着慢慢和同学们敞开心扉。大学里的同学虽然交往得并不密切，但是也许是都是同龄人，大伙相处还算融洽。之前的含曦一直与大家保持着客气又疏远的距离，让人不敢靠近。

"含曦，这里的奶茶很好喝呢，你试试看。"率先开口说话的是胡彩玉，脸上是甜美的微笑。

"谢谢。"含曦接过奶茶，点了点头。无意中，她想到了从前在排练场里，秦梦卿也曾特意为她去买过奶茶。那时她的身边总有凌睿伴着，现在想起那段日子也好快乐。

"那么客气干什么呀！"胡彩玉依旧微笑着，支手打量着柳含曦，还是第一次那么近距离地看她呢，忍不住惊叹，"天啊，含曦你的睫毛好长好密，好像洋娃娃。"

"可不是嘛，还有含曦的皮肤，好光滑，都不长痘痘，羡慕死人了。"又一道兴奋的声音，顺着胡彩玉的话尾，李欣也跟着真心地赞了起来。

柳含曦在学校一直都是很多男生钦慕的对象，可是她却很低调，这样的人即使很受欢迎，也不会令人生厌。

含曦很有些感动，怔怔地望着眼前的同学们，那一张张笑脸肆意张扬，没有任何的烦恼。这样的交流很舒服，女生聚在一起，原来就是这样地闲聊着的吗？含曦有些羡慕，又有些被感染，良久沉默。

看出她的异样，雷蕾迅速地转过话题："这次的论文你们打算怎么写？"

"我想写《莎乐美》，一直都好喜欢这部剧。"说着，胡彩玉窝进沙发里，目光有些迷离。

身为表演系学生，她们每月都要交一篇论文。因为所学也是兴趣，大家都不觉得辛苦，和那么多志趣相投的人一起聊天，就像遇见了知音，乐不知返。

这话出口，大家都愣着，完全想象不透骄傲公主般的胡彩玉怎么会突然喜欢那么晦涩的东西。

突如其来的安静让沉思中的含曦抬起头来，见大家都不说话，于是开口打破僵局。

"《莎乐美》的确不错，我也喜欢。希律王之女莎乐美，爱上了被捕的预言师，残忍的是对方不爱她。最后她选择了玉石俱焚，砍下了爱人的首级。那种爱，虽然霸道，可是好直接，这样的女孩也别具一格，我很欣赏作者笔下可怜的美丽的莎乐美。"

"真的吗？"得到了别人的肯定，胡彩玉兴奋起来，一把握住含曦的手，径自说开了，"我也觉得，既然爱了，就一定要得到，不管用什么方法！"

胡彩玉是娇纵的，也许因为家境使然，她的字典里没有"得不到"这三个字。她一直相信，只要努力了，一切都会搞定的。所以，她一旦喜欢上一个人，也会这样不择手段。

想到这儿，胡彩玉旁若无人地笑开了。

"呵呵，你那么可爱，被你喜欢上的男孩是幸福的。他怎么可能不选择你呢，放心吧。"含曦并没注意到她的变化，只是敷衍了一句，眉毛轻皱着。她感觉得到胡彩玉身上的戾气。也许是她的错觉吧，想着，她甩了甩头。

大伙熟络了起来，话题聊开了，倒也开始没了顾忌，各抒己见。气氛甚好，含曦也难得放开了些。自从凌睿开始工作的那天起，积郁了好些天的心情终于开朗不少。等到有人发现天色已晚，窗外已经开始下起了雨。雨势很大，短时间内怕是停不了了。

该回家吃晚饭的时间了，大家有些着急。含曦沉默地看着，她也很渴望，家里有人为你等候，为你担忧，等着你一起共进晚餐。可是凌睿接了工作后，家里再也没有人等着她了。

蓦地，一阵不合时宜的抽气声打断了她的遐想。含曦顺着同伴们惊诧的目光，发现门边进来了一个年轻男子。尽管他全身都淋湿了，发丝还狼狈地滴着水，可却丝毫没有影响他的卓尔不凡的气质，一身简约的黑色将身材映衬得很是挺拔。

确实足以吸引无数女孩的注意力，而这张脸含曦再熟悉不过了……是凌睿。从进门起，他就左右张望着，直到眼神定格到了她们这边，他才放下了提着的心。有那么一刹那，含曦觉得自己的心跳得好快。就在她几乎要唤出声，抑制不住地想扑上去时，凌睿开口了，却不是冲着她，而是胡彩玉。

"对不起来晚了，有些事耽搁了，幸好赶得及。"

"我就知道你一定不会让我淋雨的。"瞬间，胡彩玉的眼神温柔得能滴出水,甜蜜地偎进了凌睿的怀里,娇嗔着。

周围的同伴忍不住羡慕开始起哄,唯独含曦傻傻地仰着头,面无表情地看着眼前的画面。凌睿始终没有正视她,打从见到胡彩玉起,他的唇角就一直扬着宠溺的笑,搂着她,不停地嘘寒问暖。就算面对打趣和玩笑,他也很客气地回应,仿佛因为这些全是胡彩玉的朋友。

"怎么了?"雷蕾察觉出了不对劲,附耳问着含曦。

含曦不作声,眼神还是没能移开,手却不自觉地紧紧掐住雷蕾的胳膊,雷蕾痛得忍不住痛叫出声。而含曦却不自知,她只是觉得凌睿的笑好刺眼,心酸涩得让她忘了伪装。瞳孔中倒映着的那双身影慢慢地远去,相拥着,嬉闹着,一如情深意长的情侣。

含曦吞下酸楚,紧咬着牙关,努力不泄露自己的情绪。她一再地提醒自己:这只是凌睿的工作。

从前她不也为了工作,一次次地扮演陌生人的情侣吗?等到她回神才发现,同学们已经被人一个个接走了,身边陪着的只有雷蕾一人,她低着头,不断地看着腕上的手表。

"你要是有事,可以先走。"怎么说,也是多年的朋友了,含曦能看懂她。

"我也想啊,但那么大的雨,我总得等接我的人来了再走吧。"

含曦翻了翻白眼,这家伙就不能随便说点好听的,安慰她一下也好啊。

没过多久,雷蕾等的人就来了。幸好她还不忘好友,好心地留了把伞给含曦,挥手笑着离开了。

明明有顺风车可以搭，含曦却拒绝了邀请，选择独自一人留下。她不知道自己潜意识里在期盼什么，等待的人儿会不会出现，她只是想尝试一下，即使是徒然。

下意识地，她顾不得场合，在沙发里又蜷缩了起来，端着据说很好喝的奶茶，无精打采地吸着。

香浓的奶茶入喉，含曦却皱眉咕哝了起来："哪里好喝了，那么酸。"说完，她将杯子重重地放在桌上，声音很大，惹来不少侧目。

忘了坐了多久，总之，外头的雨帘在渐渐亮起的路灯下看起来更密了。终于，含曦期待的声音传来了。

"对不起，对不起……幸好你还在。"

第一时间，含曦立刻抬起头。看着眼前一身湿漉漉的凌睿，良久，感觉到自己的视线越来越模糊，最后她反而笑了，哽咽着笑。

"喂，奶茶都喝完了，怎么还不走？"凌睿拉起她，痞痞地笑，明知故问。

"等你回来。"含曦脱口而出。

这四个字却让凌睿忘情地揽她入怀，满是不舍："对不起，我不知道她是你同学。早知道就不接了。"

"没关系。"窝在这个熟悉的怀抱，含曦觉得空前的踏实，连说话的口吻都漾满幸福，"回来就好。"

"嗯，快走，饿坏了吧，回家煮饭给你吃。"牵起她的手，凌睿递上安全帽给她，笑得开心。

瞧见今天含曦这模样，他不再需要揣测她的任何心事，因为含曦的表现要比她的话真实得多。他默默守护着，一直到有一天，这个女孩终于听见了自己的心事。

用真心告诉彷徨的人，不要因为害怕苦，而放弃了品尝生活的甜美。

雨还在下，淅沥拍打着窗，这声音现在听来也格外安宁。

小小的屋子里没有开灯，一片漆黑，只有电视上放着柳如烟主演的电影，一部快被含曦看烂了的电影。

凌睿还是耐心十足地陪着她看，感觉着眼前女孩安然地窝在自己的怀里，如婴儿般地安静和依赖，他顽皮地把玩着她的发。

凌睿有些无奈地开口："真的不介意了吗？像今天这样的场景，最近可能要常上演了。"

"我会尽量不去介意的。"含曦微仰头轻笑，掩饰心里翻腾的醋意。

"只要胡彩玉的相亲一结束，我就能结束工作了，到时带你去玩。"

"你这次的工作是要破坏她的相亲吗？"见凌睿点头，含曦继续问，"又是父母逼着相亲的戏码？"

凌睿微调了一下坐姿，将含曦搂得更紧了，开起了玩笑："你放心，要是有一天阿姨逼着你相亲，不用你付钱请我，我会直接把你们约会的地点给砸了。"

"我不会换个地方约哦。"虽然嘴硬，含曦的脸上却笑开了。

"那我再砸。"

"没事，会有人排队来砸的，你不会太辛苦的。"

话音刚完，凌睿就直接用嘴堵上了她的唇，恶狠狠地落下吻。谁让这家伙的嘴总是那么不老实！好久好久，他才舍得离开，认真地看着怀中的她。

含曦茫然地眨着眼，这个吻，她能感觉到凌睿的舌在自己的唇齿间辗转。仿佛过了很久，一直到含曦醒悟过来，还不曾停止。她不舍得闭上眼，好想摄取他的每一个表情。那种沉迷和眷恋，让含曦呼吸都困难。

这是他们之间第一次接吻，谁都没想到会那么突然，在这个氛围下进行。可也是到这一刻他们才明白，情人间的吻是无关乎场合的，只要有爱，都会甜得像蜜，难分难舍。

许久，凌睿才任性地回话："我就直接把你带走，关起来，不然就一块殉情了。"

一切发生得太快，含曦扑闪着眼睛，半晌都没有反应过来。这是他们间的第一个吻，真实得让她留恋，他唇间的汩汩温暖，让她纵是再强硬也在瞬间化成了绕指柔。

没心思去考虑凌睿的话，含曦只觉自己的脸开始烧烫，手却下意识地抚上了自己的嘴。这里残留着他的余味，原来"爱"就是这种味道。

看着她灼热的眼神，凌睿这才忆起刚才自己的冲动，也不自觉地红了脸。片刻，他又邪笑开："喂，是不是觉得太快了，还没感受出什么味道，我不介意再让你试一次的。"

含曦没有拒绝，准确来说应该是还没有回神，只呆呆地看他真的付之行动。眼看着就又要吻上自己了,她抑制不住地心跳。

恼人的手机声却突然响起,坏了一室的甜蜜。凌睿受了惊吓,猛地弹起身,见含曦很快地爬去沙发的另一头,逃开了。

他不禁开始低咒起来,烦躁地掏出手机,声音有些喑哑:"喂……"

含曦渐渐平复住了气息,挑眉望向脸色有些难看的凌睿,隐约从他的话语间猜出了电话那端的人是胡彩玉。

"第一次发现,原来这工作还有那么难熬的时候。"挂上电话后,凌睿抱怨了起来。

惹来含曦的嘲笑:"办覃丝丝那事时怎么没听你说过难熬,难道你是喜欢扮女装?"

"才不是,那是因为有你一起。"凌睿倒回得直接。

他的话如同利刃直袭含曦的心扉,撼动了她。她好不容易稳住的心神又乱了。她只好随意找个话题,掩去慌乱:"她又出什么事了?"

"说是明天打算拖我去见她妈妈。"

看凌睿越来越烦躁的表情,含曦有些不忍,安慰道:"换个想法呀,早点见了,说不定事情还能早点结束。"

"嗯。"他应了声,仍是不放心地看向她,"真的不生气?"

含曦猛摇头,他这样一次次的询问,担心她的感受,她怎么还能让自己像个不懂事的孩子。

"明天不能来给你准备晚餐了,你自己解决哦,不准吃泡面。"

有了含曦的保证,凌睿才算放下心,眉头却越皱越紧。他不想说，怕含曦担心，可他却清楚地感觉到胡彩玉对自己的态度有些反常。

这种感觉越来越强烈，凌睿每次在一接到胡彩玉的电话后，会立刻赶去。今天他都快忘了已经是这个星期的第几次了。

自从那次他陪胡彩玉的妈妈吃完饭后，不仅仅是胡彩玉，就连胡妈妈都开始频频邀请他，非但完全没有他预想中的排斥，反而待他很友善。

"多吃些，这里的菜味道不错的。"胡妈妈慈祥地笑，不停地替凌睿夹着菜。

凌睿只是微躬身子，尽量谦和。

"我们家小玉从小被我惯坏了，你要多担待点。"

"妈妈……我哪有。"胡彩玉娇斥着母亲，眼里全是幸福的光彩。这样的母女怎么看都不像是为了相亲的事，曾经闹得水火不容。

突然，胡妈妈不经意间看见了凌睿眼中的锐光，迅速地转过话锋："其实……我确实不介意你跟我女儿交往，但是，也并不表示我会停止为她物色更好的对象。"

"我会想办法给小玉幸福的。"感觉到胡彩玉的不自然，凌睿没动声色，依旧扮演好自己的角色。

"是吗？"推了推鼻梁上的眼镜，胡妈妈的笑有丝滑腻，"那就有空多来转转，多陪陪小玉，难道我不邀请你，你就不会想来看看小玉的吗？"

凌睿渐渐觉得自己正在往某个阴谋里钻，胡妈妈的话正一步步诱导着他。他轻点了一下头后，便没再多话。而后，他随意找了个借口匆忙地离开了。

这还是他第一次在工作中那么不尽责，只因为胡彩玉看他的眼神让他心惊，那股炙热更胜含曦。

痴望着他的背影，胡彩玉诡异地笑了，低语道："谢谢妈妈。"

"妈妈就你这么一个女儿了，你喜欢就好。"说这话时，胡妈妈略显沧桑，依旧美艳的脸上尽是溺爱和关切。

这一生，她有太多遗憾，不能再让自己的女儿有任何的遗憾。只要女儿能觉得幸福，她可以放下一切……

心痛的声音，就是他对别人嘘寒问暖的声音。

又一天的结束，看着缓落的夕阳，含曦忽然觉得唏嘘。

虽然明知凌睿最近很忙，她还是习惯性地依照他们以前约定的路线回家，拐过街角，从前总能在转角处看见那张等待的笑脸。原来曾经觉得那么寻常的东西，竟是如此美好。想着，含曦不自觉地取笑起了自己，一抬首，入眼的情景让她愣是没反应过来，她揉着眼，甚至以为自己眼花了。

"为什么看到我一点都不惊喜！"

这口气……含曦终于肯定了这不是自己的幻觉，同一个转角处，凌睿正等着她。

"你怎么会在这里？"转念想到他正进行着的工作，含曦皱起眉，有些担心。

尽管今天胡彩玉请假了，可万一被其他碰巧路过的同学撞见了，后果也一样严重。

"想你了。"

匆匆扔下简单的三个字后，凌睿就走上前。没有预兆地，一把揽她入怀，埋在她的发间，犯着嘀咕："我完蛋了，真的不适合再做这个工作了。一整天，心里全是你，只想见你。"

"你好任性。"

没想，难得深情一回，竟得到含曦这样不近人情的评判。

凌睿撇了撇唇，不去介意，努力去习惯她与众不同的表达。既然知道了她那么多的故事，他就该有心理准备，要融化那颗心，需要太多的耐心和时间。

"上车，回家吧。"

凌睿打算好好放松一夜，过一个只属于他们两人的夜晚，又碰上今天含曦突然心血来潮，要亲自煮饭给他吃。他压抑了一整天的心情，在这时刻，被满满的喜悦充满。

可胡彩玉的电话竟又一次不识相地进来了。

通完电话后，凌睿趴倒在桌子上，痛苦地低哼出声。

"我怎么会把这个麻烦惹上身。"

含曦闻声从厨房探出头，费解地探究着凌睿的表情。第一次听到他这么厌恶这份工作，含曦不认为这单纯只是因为她。

"我要出去了。"发泄完苦闷，凌睿还是认命地起身拿起外套。

临走时，凌睿不忘偷尝了一口含曦已煮好的美食，一股家的味道在唇齿间漾开，让他更留恋，不想离开。突然，已经走到了门口的他又突然折返了回来。

他直直地跑入厨房，转过含曦，轻柔地在她额间落下一吻："记得替我留菜哦。"

"嗯。"

含曦傻傻地点头，静默地看着他离去的身影，不安感袭来。刚才，她在凌睿的眼中清晰地看见了挣扎和苦恼。迟疑了片刻，她索性扔下煮了一半的菜，随手拿起扔置在沙发上的外套和钥匙，跟着一起出门了。凌睿从来不曾在她面前抱怨过什么，但是她有敏锐的直觉。这回，直觉告诉她，胡彩玉不单纯。

"又出什么事了吗？"

借着街道两旁的路灯，胡彩玉仰着头，眼神片刻不移地注视着凌睿。他喘着气，询问得有些焦急。

这一刹那，胡彩玉觉得自己的心好暖，多希望时光能凝固在瞬间。如果不是演戏该多好。她开始疑惑，究竟是凌睿的演技太好，还是如她一样动了心？

"妈妈提前了相亲时间。"犹豫了一会儿，胡彩玉努力拉回自己的思绪，焦虑的眉宇显示着她的担忧。

"什么时候？"相较于她的无奈，凌睿能感觉到自己心底有呼之欲出的开心。

相亲结束后，即象征着他工作的结束。无端地，他想逃开，迅速地逃离，安稳地陪在含曦身边，过着以后每一个，即便是不够绚烂的寻常日子。

"后天晚上，六点，就在上回你和妈妈第一次见面的餐厅。"

若无其事地回答着，胡彩玉低下了头，她看到了，在凌睿的眼中清晰地看见一抹欣喜在闪耀。他就这么急着，不愿和她多待一秒吗？

"好，我会准时按计划出现。"

匆匆许下承诺，凌睿正欲离开，却被胡彩玉唤住。无奈之下，他只好停住脚步，好奇地挑眉询问。

踌躇了一会儿，胡彩玉深呼吸，怯弱地开口："妈妈在二楼的窗边看着，你……可不可以吻我？"

虽然从小被父母宠着，有些娇纵，但是这样大胆的要求对于胡彩玉而言，还是第一次。为了凌睿，她放下了太多。

闻声后，凌睿抑制不住地一震，不着痕迹地抬头，望了一眼二楼的窗户。果然看见有人影在晃悠，轻叹出气，他无奈地走上前。

就在胡彩玉还来不及反应的当口，他猛地转过她的身子，让她背对着二楼的窗，利用视觉上的偏差，只微低头，极近地看着胡彩玉，并未如她所愿。

停顿了刹那，他才问道："这样可以了吗？"

空气仿佛凝滞了般，胡彩玉怔怔地看着凌睿翕张的唇，近在咫尺，她能清晰地感觉到他呼出的气息。仅是如此，已让她混乱了思绪。有甜蜜，还有更浓的失望，偏偏就是说不出话。

就在凌睿打算转身离开的时候，胡彩玉倏地从背后抱住他，紧紧的。

胡彩玉闭上眼，贴上他的背，感受着那股温暖，比她想象中的更窝心。想着,她唇边漾开满足的笑容。

远远地,含曦倚在树旁,双手交叉于胸前,好整以暇地望着这刺眼的一幕。良久,没见有任何动静,她的表情很平静,却无端透着神伤。

不需要去猜测,含曦完全能了然此刻胡彩玉的心,因为那个脊背,她也曾贴近过无数次。那种温暖融化了刻意冰封多年的自己。那边的凌睿默立着,僵硬住了,没料到胡彩玉会突然那么清楚地袒露情谊。

而这模样,在含曦看来不免理解成另一种含义。伴着凛冽的寒风,她冷笑了一声。月色下,凌睿送她的手链泛着讽刺又难看的银光。

不愿意再停留多一分钟,含曦转身,悄声离开。她演过无数角色,却是第一次用局外人的身份看别人演戏,原来不过是一场戏,也能让人这样心痛。

你说一辈子,我却难过地哭了。

静谧夜色中,凌睿未注意到来了又走了的含曦,径自沉溺在自己的烦恼里。良久,他微笑着旋过身,轻柔地推开胡彩玉。她是个女孩,所以他会为她留有自尊。

凌睿眨了眨眼,看向她,轻语:"对不起,我没办法吻你,那是因为我已经有女朋友了,我很爱她,爱到不能用吻过她的唇去碰任何人。"

只是一句拒绝而已,凌睿却说着说着脑海中浮现出了含曦,她的一颦一笑，无论是淡漠安静地不发一语，还是开心雀跃的恶作剧，都让他忍不住欢喜。

他说得如此深情款款，很难让人忽略。胡彩玉皱眉看着，如坐过山车般，心就这样忽上忽下，从高高的山顶又直线降落，说不出的难受酸涩。她张着嘴，无话可说，早该想到了，那么完美的男孩怎么可能没有女朋友。自己不就是仅仅只在放学时见了他一面，就心动了吗？

"她真幸福……"

一步步地后退，好不容易，胡彩玉才挤出话。难掩心中的酸意，她禁不住去嫉妒，去好奇，究竟怎样的女孩会让凌睿这样笑。

"她值得我给她幸福。"

凌睿越想越忍不住归心似箭。他想胡彩玉告别后直接离开了。

好多年前，他怎么也不会相信。某一个夜，两颗寂寞的心不经意地交错，就是他一辈子不舍得再改变的轨迹了。

他决然、洒脱，完全忘了身后还有道迷恋着他，一道怎么也移不开的目光。胡彩玉就这样凝视着，看他修长的身影消失在街角，消失在自己的视线里。她也想洒脱，盼望这个身影也能消失在自己的心里，可惜……办不到。

"莎乐美……"

转身后，胡彩玉的颊边有那么一抹邪美诡异的笑，好看的唇间只进出这么三个字。

拖着有些疲倦的身子，凌睿哼着歌，抛着手中的钥匙。这串他极为珍爱的钥匙扣，含曦送给他的时候，凌睿便觉得它胜过世上任何礼物。对于含曦这样羞怯被动的女孩来说，这就等同于交出了自己一般。想着，他开心地咧开嘴笑。

打开房门，没有预料中的笑脸相迎，满室的漆黑。凌睿下意识地揪了揪眉，空气里弥漫着的是他离开时散发的饭菜的香味，多少让他放下几分提起的心。

没开灯，借着微弱的月色，他的目光搜寻着。直到看见床上那个如婴儿般蜷缩着的身影后，才缓缓舒出一口气。

放妥钥匙，他轻声走近，蹑手蹑脚地爬上床，将已经熟睡的含曦抱入怀中。那股熟悉的幽香能让他焦虑的心情瞬间平复。

"喂，你最近那么悠闲，还那么早睡，就不知道等我回来吗？"

他附在她耳畔，低声抱怨，换来的是沉默和含曦均匀的呼吸。不舍得再扰她，凌睿伸手替她抚去颊上恼人的发丝。他温柔地笑，闭着眼，自言自语了起来："含曦，你就好像罂粟，美得让人上瘾，连想戒的念头都没有，我是真的想跟你一辈子，可惜了，你始终听不见自己的心，也听不见我的心。胡彩玉说了，后天她就要相亲了，我的工作马上要结束了。然后，我马上辞职，我们一起过平凡人的生活，去问阿姨的意见，去计划我们的将来……"

"凌睿，是什么让你那么坚信我们之间一定会有将来？"

突兀地，黑暗中飘来含曦有气无力的声音，遥远得仿佛梦呓，却直击凌睿的内心。

凌睿僵直了背脊，搂在她腰间的手一紧，便不再放松。

凌睿意识到，柳含曦，这个反反复复折磨他的女孩，从来没有为他做过任何改变。她还是如同当初一样特别,听到那样的誓言,其他女孩都会微笑着扑进情人的怀抱,只有她还会有理智去思忖话里的真实。

理智到丝毫都不像沉浸爱情中的人。

"含曦,你爱我吗?"

没能忍住,凌睿还是问出口了,屏息静待着答案。这是他本来一直自信地以为不需要去探究的事,他在她的瞳孔里看见的自己是那么温柔。如今才发现,他一直都看不到自己瞳孔里的她是否同样温柔。

房间里比外面的夜更安静了。这个冗长黑夜,凌睿睁眼未阖一直到天亮,可始终没有等来回答,只觉得自己的右手臂被含曦枕得发麻,仍旧不想抽开,因为上面不知何时沾满了她的泪。

一滴滴的泪就这样顺着她的眼眶,落在他的臂上。他一直不敢开口去问,这泪因为什么而落。他怕答案会在瞬间噬了心。

就连含曦自己也不明白,为什么要哭?就因为他吻了别人吗?又想起了那一幕,含曦能感觉到自己的泪越发泛滥了。她开始越来越害怕了,怕这个自己已经习惯了的温暖,一直以为理所当然的温暖,终于有一天会像那年的妈妈一样,抛下她,一个人走了。走得那么决然,甚至不回头眷顾一眼。

含曦不想哭出声,因为她比谁都清楚,眼泪唤不回一颗远离的心。她只是在心底,一遍一遍,无声地呐喊:如果不能全给我,那还不如什么都不要给我了。

· IS YOU GIVE ME ·
· THE BEAUTIFUL BUBBLES ·

是缘分，是巧合
又或是冥冥中的宿命

第九章

是谁先说永远一起的？
以前的一句话，
成了此刻的伤。

· IS YOU GIVE ME THE BEAUTIFUL BUBBLES ·

夜幕笼罩下的胡宅，灯火辉煌，格外亮眼。

客厅里正飘荡着优美宁静的钢琴声，流畅的音符从女孩修长的指尖流泻出来，曲子完美恬静。

胡云晖手握酒杯，立在落地窗边，手轻晃，杯中红酒荡漾。

终于，他忍不住开口了："小玉，听说那个人已经有了女朋友了，放手吧。"

没有回应，只是钢琴声戛然而止。钢琴椅上的身影僵硬了片刻，又继续弹奏了起来，这回的曲子不再柔婉，而是恍如夏日突来的雷雨，激荡大气。

"小玉，你听爸爸的话，你还年轻，会有更好的男生出现的。"见女儿这模样，胡云晖有些恼怒，他反省是不是从前太过纵容她。

"爸爸不是说过，只要我要，只要你能，都会给我的吗？"胡彩玉静了下来，轻合上钢琴，起身走到父亲身边，目光死死地盯住他，"你不是说，为了自己的事业忽略了我好多年。现在，终于在政界稳住了，要好好补偿我了。如今，我不过是想要一个他，你都办不到吗？"

"孩子，爸爸可以给你任何东西。可唯独……不能逼着不爱你的人来爱你。"

胡云晖叹了一声，说得语重心长，仿佛触到了心底的深处，坚毅惯了的眉宇刹那变得深邃。

"爱情这东西，不是可以勉强来的。有一天你会知道，就算留住这个人，他的心你永远摸不到，到了那时候，你不会快乐，他也不会快乐，爸爸不想看你不开心。"

"你错了，只要得到他，我就会快乐，不管将他用什么样的形式留在身边！"胡彩玉显得有些激动，方才还期待的眼睛转眼满是阴霾，"我不需要你帮忙，有妈妈帮我就好，后天你只要记得找个人来相亲就是了！"说完后，她倔强地转身离开了。

对这个父亲，她可以撒娇，可以叫"爸爸"，可是注定没有感情。

窗边的胡云晖只能无奈地伫立着，隐约觉得自己在女儿身边错过的这些年，是他的疏忽才铸成她今日这般的个性。如今的小玉是倔强偏执的，让他心惊。

想得正入神，肩膀突然被人伸手轻拍了一下。胡云晖惊吓了一跳，杯中的酒也溢得满手都是。他本能地回头，看清来人后，他的声音严厉起来，变成了轻斥："这么晚了怎么还不睡？"

一脸端庄的女子紧了紧身上的睡袍，轻笑。看似温柔恬静，却让胡云晖觉得莫名烦躁。

"听到你和小玉的争吵声,所以下来看看。"胡妈妈的声音很轻,浓浓的幽怨,恍如来自黑夜的抽泣。

"女儿怎么会被你教成这样!"胡云晖用居高临下的语调指责着。

"她不是我一个人的女儿。"笑声溢出胡妈妈的唇间,她转过身淡漠地离开。

胡云晖无力地靠向窗边,他的确好累,娇纵乖张的女儿,同床异梦的妻子。

禁不住,胡云晖想起了那个错过多年的她,再次的重逢让他觉得欣喜,更觉得无奈。如果那时候他们没有擦肩而过,现在会更幸福吗?

今夜仿佛特别漫长。胡云晖就这样孤立着良久,心里想念着往事,酸楚、苦涩,在他心底荡漾开来。

短短一夜,对凌睿而言,确实漫长的煎熬。好不容易天亮了,他拖着疲惫的身体起身。

梳洗打点完后,还是习惯性地独自一个人在厨房准备着早餐,心思游离。以前他一直觉得清晨是个新的开始,今天,他却突然害怕这是一个结束。

像是心里是做了个重大决定,他不想含曦再逃避了。从没有一刻,他那么迫切地需要对方的一个肯定。他不过是希望含曦能坦白些,把感情表达出来。他不知道昨晚她到底怎么了,总之这一夜让他彻夜难眠,他受不了了,单纯地渴求一个答案。

"早啊。"

揉着惺忪的眼,含曦懒懒地游荡到厨房,见到凌睿忙碌的身影,若无其事地问候了一声。

她其实模模糊糊地知道,凌睿一夜没睡,因为这一夜她也睡得很不好。只是,她不想泄露自己的心事,也不愿意像其他女孩一样又哭又闹,活生生惹人生厌,把珍惜的人给逼走。

"早,马上就好了,你先去梳洗吧。"

没有转身,凌睿加快了手中的动作,看起来跟平常无异。

等到凌睿弄妥了一切后,含曦也已经打点清爽,自然地享受起早餐,仿佛回到第一次一起用餐时的模式,含曦独自吃着,凌睿只是专注地看着她。唯独不同的是,如今他看含曦的眼神不仅仅只是单纯的宠溺,而是满满的眷恋。哪怕只是这样静默无声地相伴着,都让凌睿觉得心安。

本来有一肚子的话,可他还是忍住了。

直到分离就在眼前,凌睿的手触着门把,却没了动静。

含曦凝视着凌睿的背影,她几番开口想询问,最后又把话吞回了。

"含曦。"就在含曦转身准备回去整理时,凌睿再也忍不住了,他没有回头,只是这样轻唤了一声。

"嗯?"

"我……"犹豫了半晌,他突然扔掉手中的包,一把将含曦揽入怀中。真实的触感填补了心里的空荡，却让含曦开始紧张了。

"你怎么了？"

"想和你永远在一起。"安静了很久，凌睿才挤出这么一句话。

听到他的话，含曦抑制不住地笑出声，只是永远在一起吗？可是为什么非要在一起呢？

"为什么笑？"含曦的笑声在凌睿听来是讽刺的，这笑声伤了他，凌睿皱眉放开怀中的她，侧头打量着。

"没什么……"

"你从没想过要和我直到永远吗？"

含曦的话才刚起头，就被凌睿仓促地打断了。他低沉认真的口吻让含曦也跟着严肃了起来。

片刻后，她才抬起头，强逼自己用淡漠的口吻说道："我一直以为，我们之间只是因为单纯的喜欢，又恰巧都害怕寂寞，所以才……"

"我明白了。"

又一次，凌睿截断了含曦的话，抛下这四个字，毅然离开，静默的身影十分失落。

重重的关门声让含曦抑制不住颤抖了一下。她环顾着眼前这只剩下自己一人的屋子才发现，比起从前，她更孤独了。

她开始怀疑，自己是不是伤到了凌睿，也伤到了自己？

错了吗？含曦苦笑着摇头，拼命把夺眶而出的泪给逼了回去。这世上不是有句话说，长痛不如短痛吗？

忍了好久，含曦认输了，她做不到，她再也做不回最初的柳含曦了，那个没有凌睿的孤独的柳含曦，只好故作坚强自力更生的柳含曦。她会想念他的味道，他煮的菜，他泡的牛奶……

喧闹街边，汽车来往的轰鸣声将这清晨点缀得烦乱不堪。

原来洒脱只是一种防备，防备着不让别人看穿了懦弱。

斜靠在路边的栏杆上，凌睿晃着手中的可乐罐。看天色越来越暗，直到店前纷纷亮起了霓虹灯，他才懒懒地抬起手腕，看时针稳稳地停留在"6"上。闭上眼，凌睿咬了咬牙，手心稍用力，可乐罐变了形，被他随意丢在一旁的垃圾桶上。他跨出脚步，朝着不远处的餐厅走去。

"欢迎光临。"

厚重的玻璃门被侍者拉开，他鞠着躬，礼貌地问候。

凌睿没空理会，目光四周环顾着，寻找着目标，终于在角落处看见了那张正冲着自己咧开嘴，兴奋地笑着的人。

凌睿垂了垂眸，冷肃下了脸，大步走到胡彩玉所在的桌前，二话不说，直接拉起她往门外走，身后是一阵喧闹和陌生男子激动的喊声。这些他都没去理会，只想快点结束了这一切。

回望着身后一片混乱，胡彩玉笑得很开心。她感觉到自己与凌睿交握着的手，体会着他手心的温度，让她很是迷恋。

她默不作声地随着凌睿一起奔出餐厅，跨上摩托车，将追出来的那些人远远抛在身后。

抑制不住的满足爬上眉梢，化成笑意。

沉浸了良久，直到耳边呼啸的风声消散。静默中，凌睿冷漠至极的声音响起，让她醒悟："都结束了，以后请不要找我了。"

"等等！"胡彩玉有些生气地抬头，注视着凌睿，"我愿意继续出钱请你，我爸爸一定不会死心，他会继续替我安排相亲的。"

"你可以打电话去公司，再找别人，我打算辞职了。"不经任何思考，凌睿直接回绝了。

"辞职！为什么？"胡彩玉惊呼。她有些不敢相信，自从那次在学校的拐角处见到这个男生起，她就知道，他就是自己要的那个人。所以她不惜动用爸爸的势力调查他，终于知道他的工作，找到了接近他的办法。

他公司的老板告诉她，凌睿是天生的演员，他能将任何角色演活了。整个天使组织里，只有两个人是他万般不舍得放手的，凌睿就是其中之一。所以，胡彩玉才不明白，是什么让他毅然放弃了这一份工作。

"因为我答应过女朋友要给她将来，不管她是不是需要，我都要给。"凌睿回得很坦白，但凡牵扯到含曦的事，他说不出任何谎话。

"又是她！"瞬间，胡彩玉冷下了笑容，愤恨地瞪大眼，"无论你要多少钱，我都付得起，我只是希望你能继续扮演我男朋友的角色，给我一次机会。我不会逼着你辞职，不会干涉你任何事，我会证明我比她更适合你。"

"我只是你假扮的男友，只是个演员，现在一切都结束了！我不想再陪着你玩了。"

"这不是玩,我承认这是个骗局……我骗了你,爸爸并没有强迫我相亲,这只是想把你留在身边的借口。但是,我费尽心机,都是因为我爱你!"

"在我心里,没有任何一个人能取代她。"

凌睿笑着拨开她的手,说得很坚决。不可否认,胡彩玉很好,甚至该说是很多男孩梦寐以求的女孩。她很漂亮,比含曦会撒娇,也没有含曦那种让他恨得牙痒痒的固执。但是,如果喜欢的人是能随便取代的,他也不会那么痛苦还要坚持。柳含曦是独一无二的,再好再坏,都是他的选择。

有了这样坚持后,即便沿路见到了再好的风景,在凌睿看来,也不过只是一处风景,他不会留恋。

因为有个女孩说过:"我在等你回来"。

"凌睿……"眼看着他就要离开了,胡彩玉疯了般冲上前,死死攥住他的手,"我求你,留在我身边好不好?"

她不能放手,一放手就是永远。泪控制不住地泛滥,已习惯了天天能见到他的日子,她不敢想象,若是往后的生活里再也没有凌睿这个人,她会多痛苦。

已经不想再多做解释了,凌睿用力掰开她的手,依旧笑着。对这个女孩,他没有任何责怪,只固执地想快些离开,想回到那个有人等着他的小窝去,告诉含曦,他完成了最后一份工作,可以辞职了。

感受着手中的空落,胡彩玉无助地看着凌睿,他决绝地跨上摩托车,甚至没有回头。就要失去了吗?让他离开,和口中的那个"她"双宿双飞，抛下她一人苦苦煎熬。

这不公平！胡彩玉从来没有为一个人这样付出过，对凌睿她一直抱着势在必得的决心。她不要自己输得那么莫名其妙，连那个女孩的面都没见过，就这么不明不白地失去了。她可以不勉强凌睿立刻接受她，但至少给她一次机会！

越想，胡彩玉越觉得妒恨，她紧了紧手中的包，手缓缓地探入，眼神瞬间变得可怕，快速地朝凌睿奔去，伸出手用力一捅，然后如同上回一样，从背后紧紧地抱住他，流着泪，口中不停地呢喃着："我要把你留下来，不管什么形式，爱一个人就要把他永远留在自己身边，你永远是我的了，哪儿也去不了……"

说完她回过神来，一步步地后退，凌睿就这样僵硬着停留在摩托车上。

胡彩玉笑了，艳美无双的笑容。她慢慢地退开，转身，消失在了街角。

随着胡彩玉的离开，凌睿的身影慢慢向下滑落，宽厚的背脊有鲜红的血流淌而出。他睁着眼，茫然地望着漆黑的苍穹，眼里的光神越来越暗淡。

含曦强忍住心里的不安，在街上奔跑着，手指还一遍遍按着凌睿的号码。

她错了，只想找回凌睿，亲口告诉他自己的心声。放学后，含曦没有回家，那个家太空了，她在街上闲逛了一下午，满脑子甩不掉的凌睿。

就在刚才，她明明看见凌睿载着胡彩玉往这个方向来的，为什么会忽然不见了呢?

忽地她停下脚步,努力聆听着周围的声音。熟悉的手机铃声传来,是凌睿的,虽然微弱,却清晰。

她循着声,寻找着,慢慢地深入到了巷子里的小花园。静寂中,声音越来越清晰了,直到她看到花园正中,凌睿正静静躺着。

含曦握着手机,刺耳的铃声还在持续,她却忘了呼吸,就这样瞳孔扩张,傻立着。

血液仿佛凝滞了般,颤抖着唇,含曦连一个声音都发不出。不敢再有片刻的耽误,她慌忙地奔上前,看清了凌睿背部正插着的刀,血还在不停地往外涌。

努力维持住理智,含曦拼命告诉自己不能乱,乱了就会永远失去凌睿。直到这一刻,她才发现自己有多害怕失去他,再深的伪装也抵不过生死刹那。原来那深刻在心里,难以形容的情愫……叫爱。

她爱上了,无可救药、无法自拔地爱上了凌睿,所以才会因为嫉妒失去了理智,莫名其妙对他说出那种话。她该清楚的,不管是拥抱还是吻,那只是工作啊!

这一刹那,含曦不再挣扎了,她只有一个念头,那就是不要凌睿出事。

她不能一个人生活,凌睿已经成了她赖以生存的空气,没有了空气,她早晚也会窒息而死!

通知了救护车后,她紧搂住凌睿,不让他的身子变冷,伴着哭声拼命地喊:"凌睿,不准睡,不可以睡。你说过要给我一辈子，不可以骗人！"

"我……一定会……给、给你……一辈子……"

"我煮了菜，等你回家，我们一起吃，这次我一定不会先睡觉了，你也不能睡。"

"嗯……喂，你……爱我吗？"

"爱。"

"那愿意……愿意和凌睿……一辈子吗？"

"愿意，愿意，死都一起。"不再抗拒了，含曦感动地点头，血红的手紧握住凌睿的，不敢再松手。

"不要，如果我……死了……你，你就替我活……下去，带着我的爱……活下去……"

"笨蛋！你不会死！"

含曦拼命地吼他，一遍比一遍大声，回荡在这小小的花园里，格外凄凉。

他怎么可以死？！在她终于发现自己的心事时，他怎么可以那么残忍地抛下她！

用了心的感情，能让人懂得更多。

浓烈的消毒水味弥漫不散，雪白的病房里，静得连点滴声都清晰可辨。

凌睿倚在床上，皱着眉，苦恼地看着眼前的东西，半天说不出话。没隔多久，沉寂终于被一串邪恶的笑声打破了。

闻声后，他的眉拧得更紧了。实在控制不住了，他瞪了一眼含曦，冲床前的护士吼道："你觉得我需要这东西吗？"

"你是病人当然需要。"护士的口吻很平淡，职业性的笑容看得人更生气。

此刻的凌睿涨红了脸，可面对这样一张笑脸，又骂不出口。他只好将矛头转向置身事外的含曦："喂，过来，扶我去厕所。"

"不要。"窝在角落的沙发上，含曦别过头，说得坚决，甚至理直气壮，"我不眠不休照顾了你足足一个星期，你又不让我回家，我哪有力气扶得动你。你就用护士手上的东西将就下吧，顶多我出去就是了。"

"你有力气出去，没有力气扶我！柳含曦，等我好了，你就完蛋了。"这算什么理由，凌睿咬牙，都快被气炸了。

"废话，厕所近还是门近。你之前沉浸在那个工作里，享受着人家投怀送抱时，不是还挺乐在其中的嘛，那是要付出代价的。"

自打那夜把话说开后，含曦变了很多，在凌睿面前她不再掩饰自己。酸也好，甜也好，她都会放在脸上，不想再等到有天快要失去时才发现，原来有那么多话是没来得及说出的。

"要出去也是她出去，你来帮忙！"吼了一句，凌睿实在憋着难受了，打算解决了当务之急再继续陪她玩。想着，他索性自己掀开被子，这回终于成功地把含曦惹急了。

"你做什么？"

几乎是立刻，含曦弹起身，冲到他的床边。

"自己去啊，不然你扶我。"

看他那一脸赖定了她的表情，含曦无奈，只好扶起他，冲着护士不好意思地笑了笑,往门外走去。她开始发现,自己对凌睿越来越没辙了,就这么被硬生生地牵着鼻子走,偏偏还觉得喜滋滋的。

凌睿昏迷了两天后就醒来了,生龙活虎跟以前没两样,只是行动上还有些不便,总算让她揪着的心放下了。

凌睿醒后没多久,他们就一起辞职了,还不忘一起关上手机,免得老板挽留。

想到这里,含曦泛开了笑容,如今她只是个平凡的女孩了。上学,生活,恋爱……人生如果能这样一直平顺,就这样过一辈子,该是多么美好。

"做什么笑得跟花痴一样。"解决完三急后,凌睿整个人轻松了,开始意气风发了。从厕所出来后,见到笑得格外幸福的含曦,他忍不住调侃她。

"凌睿,你是不是嫌伤得还不够重?"

"我倒没事,就怕某人又哭天抢地的。"

"哼,是某人非要说那些煽情的话,才会把某人弄得哭天抢地的!"

"喂,到底是谁先说的啊。"

一来一往,互不退让的拌嘴间,倒是生了阵阵甜蜜,仿佛将这医院的消毒水味都稀释了。

眼看病房就在眼前,含曦突然想起什么,伸手招来一旁的护工:"麻烦你帮我扶他进去好吗?凌睿,我去替你买些水果,妈妈说多吃水果好得快。"

凌睿笑着点头，看含曦一脸关心，他觉得很满足。如果能换来她这样敞开心扉，那这次的伤也算是没白受。

到了病房后，他的笑容瞬间冻结。望了望眼前的阵仗，他不舒服地皱了皱眉，被护工搀着躺下后，才打量起眼前的人。

"你醒了就好，我叫胡云晖，你应该不会陌生，我是……彩玉的爸爸。"

胡云晖一身庄重的黑色西装，和蔼地笑着。在看清凌睿后，他明显地一震，脸色有些不太对劲，瞬间又松了口气。

"承蒙关心，我没什么事了。"凌睿率先回神，很谦和地答着。他并没有因为胡彩玉的事，将怒气发泄在胡云晖身上。何况，那件事他也并不想记恨，不过是在情路上一时迷糊的冲动女孩罢了，再说因为她的冒失，打破了自己和含曦之间的僵局。

"我知道这么说可能有些冒昧。"突地，胡云晖弯下身子，很严肃地鞠躬，"你的医药费我全替你结算了。但是，我求你不要控告小玉，往后有什么要求都可以说，我会尽量满足。以我现在的职位，我不愿因这些事情影响我的名誉，麻烦你了。"

"你是为了自己的事业才求我的，不是为了小玉吗？怎么会有你这种父亲。"凌睿不敢置信地开口，没由来地怒气翻涌。

眼前的男人让他想到了那对生育了他，却从养育过他也没有尽过半点父母责任的人。甚至，他一度怀疑，自己真的有父母吗？

犀利的语言让胡云晖抬起头。他的表情纠结极了，能言善辩的他一副有苦难言的模样。

正尴尬着，病房门被打开了。含曦提着一大袋水果，边嘟囔着,边走了进来:"真是的,原来在医院门口开个水果摊,生意竟那么好……"

见到满屋子的人后,含曦立刻打住了。她费解地将视线扫向凌睿,脚步下意识地靠近床边,放好水果后,才紧握住他的手。

凌睿这才注意到,从含曦进屋后,胡云晖的表就变得更不安了。当瞧见他们交握的手时,他像突然失了控似的,颤抖着问:"这个女孩……就是你的女朋友?"

"正是,有什么问题吗?"凌睿答得肯定。

胡云晖猛地往后跌去,幸亏身边的下属机警,赶紧冲上前扶住他。他的脸变形了,连唇都在发抖。

也许有一天会发现,你从未看清过一直在身边的人。

空气如凝滞了般,凌睿和含曦面面相觑,谁也不清楚发生了什么事。

瞬间后,胡云晖努力稳住身子,牵强扯开的笑容比哭更难看,挥开身旁的下属,他喃喃自语着:"分手,快分手……不要在一起……一切都是假的。"

这场失控来得突然,凌睿费解地看着,他不知道含曦的出现会让胡云晖产生这样的反应。

"他怎么了?"含曦好奇地问向凌睿,毕竟,他们之间或许有过比较频繁的交往。

没料,凌睿比她更迷惘。

眼见胡云晖越来越癫狂,跟随而来的下属也开始慌乱上前,试图制止他，可却徒劳。胡云晖就像见到了魔鬼般，不停地挥着手，嚷着谁也听不懂的话。

"你是要跟我分手吗？"正当局面难以控制时，一道熟悉的女声不期而至。刚才还混乱不堪的病房霎时就安静了。

含曦缓缓地转过头，看着门边正立着的人，差点就叫出声。最后想到了层层顾忌，她只是没喊出口。

只是，妈妈的那句话让她如遭雷袭，她迅速地转头探究起胡云晖。

在见到柳如烟后，胡云晖的表情有片刻的惊讶，接着比先前更激动了，不停地说着含曦和凌睿完全听不懂的话。

含曦有些费解，却瞧见凌睿耸了耸肩，一副了然的表情。想起之前凌睿因为职业关系隐瞒掉的一些事，含曦有些明白了，看来胡云晖就是让妈妈毅然选择回国发展的原因了。

"真是的，怎么在孩子们面前那么失态。"若无其事地嗔了一句，柳如烟温婉浅笑，光彩夺目。

胡云晖看着她，傻了。忌讳地瞄了一眼凌睿和含曦，他欲言又止，手伸了又缩回，踌躇着，左右不是。

"好了，别闹了，快回去吧。一会儿你太太找上门了，或者把那些记者引来了，我可消受不起。"柳如烟举止亲昵地推着胡云晖，硬是将胡云晖赶出了病房。就连那些胡云晖的随行们也都相视欣慰一笑，仿佛对这样的场景习以为常了。

含曦若有所思地冷眉看着这一幕，她设想过无数的可能，偏偏就是接受不了这样的结局。即便当时妈妈交往的对象真的是年龄悬殊的凌睿，她也能想通……

这个名叫胡云晖的男人有家室，还有一个和她一样大的女儿。含曦不明白，妈妈为什么甘愿这样委屈自己，她明明值得更好的男人！

"可是……"胡云晖无奈地皱了皱眉，还想说些什么，硬是被柳如烟截断了。

"别可是了，快走吧，凌睿不会控告你女儿的，好好回去安抚小玉。"说完后，她便毫不犹豫地将病房的门关上了。瞬间，她的笑容瓦解了，转而一脸的挣扎和苦恼。

"妈妈，为什么是他？"含曦不能接受，胡云晖是个有妇之夫啊，他什么都给不了妈妈！

"你为什么喜欢凌睿？"柳如烟没有回答她，只是反问。

这话成功地把含曦堵住了，她转过头，视线瞥见病床上温柔笑看着自己的凌睿。为什么喜欢？换作从前，她会说，因为她害怕孤单，凌睿也害怕孤单，所以他们顺理成章地在一起了。可经历了那么多事，她说不出这样的话，凌睿不仅仅只是一个陪她抵抗寂寞的人。

"孩子，喜欢了就是喜欢了，没有理由。不用为妈妈担心，我很开心，不是说我开心就好了吗？"柳如烟说着，慈爱地抚上含曦的发，怜惜地笑着，眼神里绽放的光芒很真挚。

她是真的开心，回国的这段日子对柳如烟来说，是人生中最幸福的。有个乖巧可人的女儿，还有胡云晖这样爱着自己的男人。可是，更多的挣扎无奈也只有柳如烟自己心里清楚。没有结局的不仅仅是她，还有……含曦和凌睿。

有那么一刹那，含曦说不出话。以前，她一直幻想有一天能和其他平凡的孩子一样，幸福地窝在妈妈的怀里，做着天真的公主梦。如今，好像她轻而易举地就拥有了一切，而她的王子也正在身边寸步不离地陪着。

为什么她反倒觉得，一切幸福得太过不真实？

"妈妈……"含曦开口，撒着娇扑进妈妈的怀里，她不想再去考虑那么多了，"只要你幸福就好，不管以后发生了什么事，你还有我们，我和凌睿永远都不会离开你。"

听着含曦的话，凌睿也配合地重重点头。他无父无母，几番相处中，早把柳如烟当作了自己的母亲去爱。

"真是贴心，有你们真好。"柳如烟紧握住两人的手，说得很认真，"你们要好好在一起，快些结婚吧，妈妈可以出钱让你们出国留学。"

"为什么那么急？"

凌睿脱口而出，并非他不愿意，他一直渴望着能娶含曦，能一生一世。只是阿姨的要求来得太突兀，反倒让人接受不了。

就连含曦也不自在地拧起眉毛，看了一眼凌睿，隐约也察觉出了异样。

柳如烟一脸祝福，盈笑着道："瞧我，怕我这女儿从小没人照顾，性子野，就想让你们早点定下来，怕凌睿到时后悔呢。怎么，你不会现在就后悔了吧？"

"怎么会？！"说着，凌睿顺手一把将含曦搂进怀里，用行动宣誓着自己的决心。

"你怎么那么不害臊!"凌睿的行为让含曦去了疑虑,羞红了脸,耳根火辣辣的,忍不住埋怨起凌睿的肆无忌惮,怎么说妈妈也是长辈呀,也太没顾忌了。

"不碍事,不碍事。我喜欢看你们这样,心里开心……"看出女儿的顾虑,柳如烟赶紧劝说,看到他们的如火的爱恋,还有满满的幸福。沉醉于这样温馨的亲情里,很容易就让她忘了一切,甚至忘了来这里的真正目的……

气氛活跃开了,柳如烟就如同个慈母般,不断询问着凌睿的伤势。她了解到出事的原因,禁不住训斥起了他们,忧心了半天,她下定决心:"以后都不准做那个危险的工作了,钱要是不够花,妈妈给你们。"

"不用不用!"凌睿赶紧制止,他是要给含曦幸福的人,怎么可以反过来用阿姨的钱,这不仅仅只是一个男人的尊严问题,"这些年我存了不少钱,养活她还是够的。"

"我也有存钱好不好!"拜托,她一个人生活了那么多年,怎么可能不为自己的将来打算。含曦嘟着嘴,娇嗔着,可对于凌睿的承诺还是觉得舒心极了。

就这样聊着,一下午过去了,柳如烟临走时,含曦忍不住又唠叨了一句:"妈妈,假如跟胡先生不快乐的话,就不要勉强,你值得更好的人。可是如果你们幸福的话,我一定支持你!"

柳如烟笑摇着头,没说什么,径自打开门走了出去。转身时,她自言自语了一句,声音很轻,轻到除了她自己没有任何人能听清楚。

"我一定会让胡云晖痛不欲生的。"

……

猎人,越是用心,越是无情。

天气慢慢回暖,阳光透过窗户洒在身上,柔软舒适。含曦有气无力地趴在窗台上,侧头,正对上凌睿同样无奈的目光。她耸了耸肩,调回视线,疑惑地看着病床前的忙碌的妈妈。

"吃这些外卖的东西,身体怎么会好得快!"柳如烟咕哝着,手上不停,"喝了这汤!你们俩也真是的,再黏也不差几个小时。让含曦回去替你煲个汤,好好补补!"

"妈,你就别说了,他连让我回去睡个觉都不肯!凌睿,我警告你,你给我快点出院,这医院我待腻了。"

含曦忍不住了,被妈妈这么一提更觉郁闷。

明明是凌睿住院,却搞得好像是她受伤一样。这两个星期下来,全院的人她都认识了。

"我还不是担心你回去后饿死!不领我的好意也就算了,居然还吼我。"凌睿很是无辜的眼神对上柳如烟,控诉着,一副受了天大委屈的样子。

他的话羞得含曦红了脸,却把柳如烟逗得大笑,看着眼前这一对小辈,她笑得颇是欣慰:"能在一起就好,凌睿,我就这一个女儿……小时候没能陪在她身边,让她受了不少委屈。现在,看你这么宠她,我也开心。"

"阿姨，放心吧，我会好好对含曦的。"联想起前不久，胡妈妈也曾对自己说过相同的话，凌睿颇觉感慨，爱与不爱，原来是这么分明的事。眼下，听闻柳如烟说出这番话，他回得很是真心。

望向一旁的含曦，凌睿笑了，这赤裸裸的告白，他禁不住紧握住她的手。

"妈……"含曦只觉视线变得有些模糊，眼眶热热的，连说话都哽咽了起来，"我一直很开心，没受什么委屈，修道院的修女姐姐们对我很好。"

"傻孩子，妈妈知道你坚强。"说着说着，就连柳如烟也忍不住红了眼眶。

凌睿夹在这对母女间，左右环顾，微笑出声。他伸手拭去含曦不经意间流下的泪，温热的触感通过手指，也暖进了他的心。他顺手将她拥入怀中，让这个一直坚强的女孩有个肩膀可以永久的依靠。

多美的画面，如果凝滞在这一刻，他们都会是天下间最幸福的人。对于凌睿来说，他至今都不知道自己的父母是谁，也永远奢望不到这样久别重逢的瞬间。可有含曦在身边也够了。

"瞧你们俩，那么黏，不如早点结婚算了。"忽地，柳如烟一句话打破了温馨，突兀得让凌睿和含曦同时愣住，没了反应。

又提起这句话了，每次都像是很不经意的口气。可最近每次妈妈来医院，几乎都会催促着他们快些结婚，这让含曦总觉得怪怪的，好像有哪里不对，但又说不出来。

"都怎么了？是不是天天被我催，烦了。我的意思是，你们如果真打算结婚,我会真心地祝福你们,只要含曦觉得幸福。"

含曦拧起了眉,感觉到了凌睿的手倏地一紧。妈妈的话也有道理,可含曦说不上为什么,感觉有欲盖弥彰的味道。

含曦想起最近妈妈的反常,冒着被狗仔队拍照的危险,她几乎天天都来医院看凌睿,对于含曦和凌睿之间的事也关心得紧。这样的性格,丝毫都不像含曦记忆里的妈妈。能得到亲人的祝福,含曦自然开心,可她无法忽略掉心里缓缓升起的疑惑。

"谢谢阿姨,等到我能让含曦安定的时候,一定娶她,呵护她一辈子!"凌睿率先回神,说得寻常。

他能感觉到含曦的心思,因为他也正费解着。通过交缠的手指,他用力一下,希望她能懂自己的暗示。

含曦向来机敏,片刻就明白了,凌睿是希望她先隐下一切。想着,含曦腼腆轻笑,毫不掩饰地羞红了脸,嗔了一句:"妈,别老谈这个,还早着呢。"

"哈哈,原来我家含曦还会害羞。"

怔了半响,柳如烟正在紧张着是不是自己说错话了,见这两个孩子原来只是在害羞,于是调侃了起来。

气氛又恢复了和谐,宛如一家人般热闹。

直到天色近黄昏,柳如烟在助理的催促下,匆忙离开了医院。

送完妈妈,含曦回房时见凌睿正蹙着眉,斜靠在窗边,视线凝视着那个远去的背影。

顺着的他的目光,含曦也看了过去,顿觉感慨:"那一年,我就是这么目送着她离开的。"

"都过去了,现在不仅她回来了,你还有了我。"说着,凌睿挽住她的肩,声音轻柔得好像怕惊扰了怀里依偎着的人。

"可我觉得回来的只是她的人,我们的心依旧隔得好远,就像我不明白她为什么会突然那么急着要我们结婚一样。不过那都不重要,至少妈妈是真的爱我!"

知道凌睿也在困惑刚才妈妈的话,含曦索性把话说开了。但是就像她说的,那些怀疑可以慢慢解开,她感觉到格外幸福。

"那就好,先别想太多,至少她没有反对我们,我们应该开心的。"

纵然怀疑,凌睿还是尽量安抚住含曦。

见她柔顺地点头,他才安下心,安慰了起来:"至于那些蹊跷,等过两天我出院了,我们有的是时间去查明白。"

"凌睿,我不想妈妈出事。"

"傻瓜。"他有些无奈地轻点了下她的鼻尖,"不会有事的。"

话虽如此,可凌睿怎么也欺骗不了自己,心无端地一直揪着,总觉得眼下的宁静似乎只是暴风雨前的假象。

· IS YOU GIVE ME ·
· THE BEAUTIFUL BUBBLES ·

是缘分，是巧合
又或是冥冥中的宿命

第十章

太耀眼的城市不适合看星星，
就像有些人注定不适合安定。

IS YOU GIVE ME THE BEAUTIFUL BUBBLES

"喂，我至今都不明白，为什么要打扮成这样？"

"我也至今都不明白，为什么跟踪个人也会跟丢！"

昏黄的灯光将餐厅点缀得格外温馨，再加上弥漫着的舒缓音乐，绝对是适合情侣相处的地方。可眼前的两人却显得格格不入。凌睿揪着身上的衣服，用力脱下帽子。含曦狠狠地瞪了一眼，反讽了一句。

"好像是你突然想吃冰激凌才跟丢的吧。"因为被冤枉，凌睿很不爽，毫不客气地回瞪含曦。

"就算是这样，你可以制止我的啊，为什么还要配合我，帮我去买！"

"天知道，谁让我喜欢你，控制不住地想宠你，我真活该。"

听到这样的话再大的脾气也立刻被浇熄了。含曦傻笑了起来，正事早忘了，管它呢。就算今天跟丢了妈妈，还有明天嘛，就当是约会好了。

换了种心情后,含曦也觉得舒畅多了。

没想,凌睿比她调整得更快,他居然在若无其事地点菜了。含曦有些恍神地凝视着他的侧脸,真是好看得让她舍不得移开目光了,难怪那个女服务生笑得那么殷勤。

"怎么了?"凌睿终于点好了菜,这才发现含曦正目不转睛盯着他,便好奇地问。

"你还真是招蜂引蝶……"

"柳含曦。"话才到一半,就被凌睿打断了,他起身,自然地走到含曦身旁坐下,大大咧咧地搂过她,说得尤为认真,"知道我最喜欢看什么时候的你吗?就是为了我吃醋的样子,平时很难感觉到你对我的在乎。"

"我爱你,柳含曦会爱凌睿一辈子!"

刹那,含曦就悟透了他的意思,也顿时发现,原来相爱的两个人真的会心有灵犀。

看凌睿闻言后灿烂的笑脸,含曦想,自己是猜对了。她一直都是内敛的,坚强固执到曾以为自己可以不倚靠任何人,直到认识了他。现在被他这么一点拨,含曦才发现,除了险些失去他的那晚,自己从来没说过爱他。是她忽略了,相同的遭遇下,凌睿如同她一样需要安全感的。

"真巧,又遇见了。"

两人正暧昧缠绵,不和谐的声音突然破坏了这样的氛围。来人一双刺目的蓝眸,不请自来地在他们对面坐下了,熟络的模样就像是惊见阔别多日的老朋友。

"又是你！"含曦怪叫出声。

等凌睿反应过来，拼命回忆才想起，这个人竟是从前巷子里救他和含曦的那个人。只是相处那么久，他还是第一次见到含曦这样乱了方寸。

"看来这位小姐很不欢迎我。"博睿轻勾唇角，似笑非笑，眼神始终胶在含曦身上。

那么明显的窥视让凌睿很不舒服，搂着含曦的手反射性地紧了紧，有意无意宣誓着所有权，生怕别人觊觎。

虽是不明显的动作，却清晰地落入了博睿的眼。他笑得更爽朗，俊美得让人惊诧："每次都能遇见你，我一直觉得，这算得上是缘分。"

"你该不会是又有什么预言要说了吧。"

含曦的回答中有浓烈的防备，这让凌睿放下了心。也不能怪她的不友善，每次这家伙只要一开口，都能扰得她心绪不宁很久。可她真不明白了，为了跟踪妈妈她都穿成这不伦不类的样子了，连妈妈都认不出，博睿为什么可以如此准确地辨认出。

"如果你想要的话，我可以给你。"眨了眨湛蓝的眼，博睿的表情看起来有些邪佞，"你母亲会有一场大灾难，这也会是你们之间的大灾难，趁早分开吧，长痛不如短痛……不用瞪我，既然你不欢迎我，我走就是了，再见。"

"这家伙简直有病！"

望着他的背影，含曦实在按捺不住了，怒骂出声，气得连唇都在发抖。他莫名其妙地出现，然后又莫名其妙地消失，每次都这样，好像就为了抛出几句危言耸听的话让她不安，他才大摇大摆地离开，让她怎么不生气！

倒是凌睿，他摸了摸鼻子，平静地喝了口水："知道他有病，干吗还要理？"

他是有些窃喜的,含曦那么明显的在意让他的心禁不住欢喜。

"可是他的话……"

"他不止一次给过你类似的预言吗？"看含曦激动的模样，凌睿猜测。

含曦顿了顿，微点了一下头，就算一再告诉自己不用理会，心情还是变得糟糕。

"你会为了这些预言真的跟我分开吗？"漆黑的瞳深邃异常，凌睿难得这样沉稳，眉宇间露出急切，屏息等待着含曦的答案。

"当然不会！"含曦答得飞快，对于她来说，这是压根不需要思索的问题。

"那就当从来没遇见过他就是了。"凌睿翘起嘴角，笑得开心。他心里漾满了甜蜜，如果说曾经他怨恨过那对不负责任的父母，既然注定要遗弃他，为什么还要带他来这个世界。那么现在，这些怨都不存在了。他应该就是为了和含曦相遇才来的，往后的人生不会再黑白。因为有了她。

最快乐的人，是懂得安慰自己，懂得知足常乐的人。

亮堂堂的厨房里有潺潺水声，不成曲的调调从厨房里溢出，女孩的声音听起来有丝难掩的雀跃。男孩斜倚在厨房的门边，好整以暇欣赏着眼前的她，仅仅只是一道背影，透露着的温馨就让他无限留恋。这般融洽的气氛持续了良久，谁都没舍得打破。

终于，凌睿忍不住了，含曦那随意哼出的歌声实在让他不敢恭维："喂，你一定要唱歌才能把碗洗干净吗？"

"是啊，不然你来洗。"

顺着他的话，含曦回答得坦率。想起刚才磨了很久都推卸不掉这洗碗的责任，她的口气就开始犯冲。

凌睿笑了一声，缓步上前，探出手，自含曦的背后顺势搂住她，接过她手上正忙碌着的活。他越来越发现自己无可救药了，只要含曦耍赖、娇嗔，他就无力抵抗。

"哎哎哎，真是狠心的女人啊，居然舍得让一个刚刚康复的人这么操劳。"

伴随着凌睿的嘀咕声，含曦一阵娇笑，偎进他怀里，顺势仰起头："凌睿，我也发现这么下去我一定会被你宠坏，要是有一天没有你了怎么办？"

"怎么会没有我！"心抑制不住地颤抖了一下，难言的酸涩感涌，出他下意识地紧了紧手中的力道，"我会一直陪在你身边的，赶也赶不走。"

"别洗了，去约会吧！"

听见他的话，含曦的身子一僵。凌睿是个从不吝啬诺言的人，只要她想听，他可以不停地说。可即便如此，她每回听见依旧觉得满满的甜蜜酝酿开。

沉寂了半晌，她突然抢过他手中的碗轻放下。

接着，含曦扯过他的手，在清澈的水流下冲洗着。

掩去了心思，她胡乱嚷嚷着，兴冲冲的模样随之也感染了身后的凌睿。难得含曦主动提出要出去约会，凌睿能清楚地感觉到，这个女孩在自己面前一点一滴地蜕变，破茧成蝶，只为他美丽。她的眼里只有他，只围绕着他翩翩起舞。

"带你去看萤火虫。

心情正好，凌睿随意替她拿了件外套，确认将含曦裹得严严实实，不会被寒风侵袭，然后牵起她的手，往门外走去。

任由自己这样被照顾着，牵着，望着两人交叠的手，含曦偷勾起唇角，笑得十分惬意。

多奇妙，不过是如此单纯的牵手罢了，可在她交出自己这双手的瞬间，她与凌睿的心之间已经没有了隔阂。

从前，含曦用旁观者的态度见证了无数的爱情。她也一直天真地以为，爱就该惊天动地，花前月下，轰轰烈烈。可如今，当他们携手走过漫漫长路，在丝丝的寒风中温暖相依时，她才顿悟，原来平淡比绚烂有更悠长的保质期。

"天啊，好漂亮！"

微微倾斜的山坡上铺着一层松软的草，是早春刚萌芽出的嫩草。即便是在朦胧的月色下，依旧碧绿沁心。

漫山遍野，一望无际，没有盛开的花丛，只有成群结队的萤火虫扑翅飞舞着，那样微弱，却又不甘示弱，仿佛在与星月争辉般。

莹绿的光芒让她惊讶得合不拢嘴。很久很久，自那声感叹之后，她就这样一直愣愣地发着呆。

"以前我几乎每天晚上都会来这里，很久很久以前，听一个同学说,萤火虫是上帝的使者,它是为了把美好带来人间而生的。"

听着,含曦有丝沉醉,便随意地坐下来,盘起双膝,痴痴望着,眼神悠怜动人。

"呵呵，这么说，萤火虫就是天使的光芒！"含曦看起来很轻松，很顽皮。

"嗯，跟你一样。"

凌睿也坐了下来，仰望着自然界赐予人们最美的景。圆润的月亮以漆黑的夜幕作底色，的确美得叫人移不开视线。

萤火虫……曾是他信奉着的使者，如含曦所说，即便再黑暗的人生，都有一束光在等待着。就像他，跋山涉水而来，为了与她相遇。

纵使是在黑暗中，他还是寻到了含曦这抹绿光。她就像上帝派来的使者，让凌睿看见光芒。他喜欢看含曦依赖自己的模样，那是一种甜蜜的负担。

"凌睿，你为什么踏入这个行业？"这是含曦一直没有提起过的问题，可现在的她就是想了解凌睿，拼命地了解，试图在短短时间将凌睿的一切都了解清楚。

"机缘巧合，刚开始不过是想找些事做，好让自己的生活充实些。到后来，才发现慢慢爱上这个工作了。也好，要是没干这个工作就不会认识阿姨，也不会认识你了。"

凌睿想，这一切也许真的是冥冥中注定的缘分。三番五次地巧遇，好像他们注定谁都避不开谁。

"你从小也一直只是一个人吗？"

看到凌睿点头，含曦更是惊讶，她忍不住感慨："我一直都觉得，我们就好像是双子星，天生就在一起的，只是陨落的时候分开了。"

说着含曦俏皮地举高手，试图抓住那些萤火虫，却扑了空。

今晚，她好感慨，曾经以为幸福就像天际的星星，遥不可及，却从没想过，有一天它会离自己那么近，近到就像那些萤火虫，仿佛随手一抓就是了。

"呵呵，不是有个传说吗，说是女人本来就是男人身上的一根肋骨，来到人间时会不小心遗落，刚好你就是我的那根肋骨咯，终于找到了，这是一早就注定的，所以才会出奇地吻合。"含曦口中的那种感觉不止她有，连凌睿也有。

第一次遇见时，只是淡淡的一眼。她穿着纯白的礼服，漂亮得宛若一尊精雕细琢的娃娃。那一刹那，他便一厢情愿地觉得想将她呵护在手。算是一见钟情吧，他冲着她笑，义无反顾地救她。一切的一切都没有经过思考，心里怎么想就怎么做了。

"为什么不说你是我的肋骨，这样才对。"含曦嘟起嘴，难掩女孩的天真乖戾。她倚靠在凌睿肩上，甜蜜的感觉直入心房，他的左肩就好像是天生为她预留的一样。凌睿常说她不正常，一般女孩不管是坐是站还是走路，都喜欢待在右边。可是只有含曦自己清楚，她喜欢凌睿的左肩，因为那里离他的心脏更近些。

"都一样了，总之，你掌心的川字纹清晰地烙印着，柳含曦这辈子是逃不开凌睿了,你完蛋了。"

凌睿调侃着,口吻也如同在耍赖的孩子,有些淘气,反倒让含曦觉得很放松。顺着他的话,她本能地垂头研究起自己右手上的掌纹,她不会博睿那套玄术,看不懂。

可就像凌睿说的,那里是流年刻下的痕迹,有注定的轨迹,现在满满的都是"凌睿"这两个字,她的确再也逃不开了。放开心,含曦憨笑,从这一刻起她决定奋不顾身,不去想结局。或者该说,从相遇的那一瞬间起,她就必须勇往直前开始了。

默不作声,凌睿注视着她,看着她的小动作,不经意间失神了,这张脸为什么会让他觉得一辈子都看不够呢?

"含曦……"凌睿轻柔地唤了一句,换来女孩懒懒的低应声。

他吞了一口口水,脸色潮红,不自在却又坚定地说:"我想吻你。"

"啊?"含曦傻傻地抬起头,完全没明白凌睿这突如其来的要求。没让她有太多细想的时间,才刚抬头,她的唇就被凌睿猛地攫取住了。这个唇不同上一回的,很轻柔,软软的感觉在唇齿间荡漾。

含曦不自觉地闭上眼,贪心地希望这种感觉可以永远停留住,她和凌睿可以肆无忌惮、什么都不用理会,就这样一直相拥到老、到死、到以后的生生世世。

纠缠了很久,凌睿才舍得放开她。含曦羞红脸颊,怯怯地垂下头不敢看他。那模样逗得凌睿大笑,其实没有太多理由和邪念,他只是单纯地想吻她,想证实身旁的女孩是真实存在的,永远不会消失的。

宽阔无人的斜坡上一直回荡着串串笑声，是清脆无邪的笑声。从日落，到日升，久久弥漫。

乍暖的气候让人突然变得慵懒。尤其是在这午后，再吵闹的声音，在含曦听来都像是催眠曲，眼皮像灌了铅似的，越来越沉。早知道这样，昨晚就该早点拖着凌睿回家，今天就不会那么萎靡不振了。

"含曦，电话响了！"

都快进入梦乡了，雷蕾尖叫声传来。昏昏欲睡的含曦猛地往前一冲，险些让下巴撞上桌子，疼痛让她清醒过来。

口袋里的铃音不断贯穿耳膜，一声声，急促有力。含曦叹了口气，不紧不慢地翻出手机。

"怎么了？"

是凌睿，这还是第一次，她居然会在学校接到他的电话。之前他们一直像达成了共识般，不会轻易打扰对方的学业。

"快请假，我在街角等你，阿姨出事了！"

急促地说完，凌睿匆忙地挂断了电话。

含曦傻愣着，半天没有消化他说的话。

阿姨……是妈妈！前些天来看他们时还好好的，怎么会突然出事了？不敢再有一刻耽误，含曦立刻收拾好东西，冲出教室。

身后传来雷蕾费解的叫嚷声："含曦，你去哪儿，下午还有课要修啊！"

此刻就算有天大的事，也唤不回含曦。因为在她心中，没有任何东西能超越妈妈，包括自己。

她一路小跑，赶到约定的街角时，凌睿还没到。等待的每一分每一秒，对含曦来说都格外难熬，她不停地看着手表，不停地张望。不经意间，她想起了博睿曾经的忠告，忽地一阵战栗。

……

"你母亲会有一场大灾难，这也会是你们之间的大灾难，趁早分开吧……"

不会让他说中了吧，这个男人打从出现在她的生活中起，就没说过好话。虽然从始至终还没有一句是应验的，可是这回居然成真了，含曦不敢再往下想。凌睿焦急的呼唤声已经传来，一把拉过她："快上车。"

他们被堵在医院门口，看着一窝蜂的记者，还有不少媒体在陆陆续续地赶来。镁光灯，记者直播的声音，让原本就忙碌的医院更显拥挤。

含曦徘徊在走廊内，只能这样徒劳地看着，她进不去。她被人当作记者推了出来，心都快跳出来了。头一回，她觉得自己原来那么渺小，那么无力。

"没事的，等人少些了，我想办法带你溜进去。"拉住不停踱步的含曦，凌睿努力控制自己的焦虑，试图安慰她。阿姨忽然出事了，他也乱了方寸，可为了稳住含曦，他必须坚强。

"好端端的片场怎么会失火，拍那场戏时难道不用替身吗？主角亲自上阵，那也得认真检查所有的道具啊，怎么可能发生这种意外！她是柳如烟啊，国际知名影星啊！"含曦立在大厅里，失控地吼着，眼泪一发不可收拾。

她没有理智了，也顾不得周围一堆八卦记者，只知道里头那个正在抢救的人是她用了十几年终于等回来的妈妈！她不要妈妈有事，不要再承受一次那种失去的滋味。

含曦不知道自己到底做错了什么，为什么好不容易生活终于平静些了，老天又要跟她开这种玩笑。她想要的真的不多，只是希望所有她在乎的人都能平平安安、健健康康而已。

"含曦，你冷静点。现在不能乱，还有我，我一直都在……"

柳含曦没有力气再挣扎了，注意到一旁不断的窥视，她也意识到以自己的身份压根没有资格哀伤。无奈地，她躲进凌睿的怀里，寻着那个至少能让她暂时安下心的温暖："凌睿，如果她出事了……我会撑不下去的……"

断断续续地，含曦喃喃细语，极轻，可是足以让近在咫尺的凌睿听得清楚。他轻柔地抚着她，一遍遍不厌其烦地安慰着："不会的，她不会有事的，都会过去的。"

正如凌睿所说，都会过去的。等到记者终于散去些后，跟随妈妈二十多年的经纪人才出现，她一眼便认出了含曦，体贴地领着她进去。

病房很静，映入眼帘的场景含曦并不觉得陌生。就在前不久，她才陪凌睿在这样的环境下住了好些天，才从一场惊心动魄里全身而退。她怎么也没料到，平静只是转瞬，顷刻间自己又陷入了另一场噩梦。

心电仪的声音有规则地响着，病房很肃穆。看着床上依旧处于昏迷状态的柳如烟，谁也不敢说话，只能静默地屏息。一切没有过去，这不过只是个开始。

含曦伸手捂着嘴，努力不让自己哭出声音，咸涩的泪水渗入指缝间。凌睿体贴地伸手遮住含曦的眼，扳过她的身子，不让她去看眼前触目惊心的画面。

床上的柳如烟不再如往日般光彩逼人，被纱布缠绕住的脸部隐约还渗透着殷红的血。含曦无法想象，如果妈妈醒来得知自己毁容后，会是怎样的反应？连她都接受不了，当红影星却失去了最美丽的容颜……

"去沙发上躺一会儿，如果阿姨醒了，我叫你。"

意识到这个消息带来的后果，看大伙为难惋惜的脸色，凌睿轻声安抚着含曦，担下责任。

静静地背对在床前，犹豫了很久，含曦最后还是艰难地点头，乖乖往一旁的沙发上走去。她确实需要休息，需要好好积攒力量，不然一会儿妈妈醒了，她非但给不了支持，自己都会垮下去的。她不能垮，如今，她是妈妈唯一的依靠了。

世界上最难熬的痛，是看着最在乎的人受苦。

含曦不知道这场黑暗连绵的梦魇持续了多久，她只是茫然地坐着，看窗外的天黑了又亮，不停轮回。凌睿不断地往她嘴里塞食物，逼她吃下。此时此刻不管是什么美味，含曦感觉如同嚼蜡。

病床上传来微弱的呻吟声，房内顿时陷入一片混乱，唯独含曦一动不动,傻傻地蜷缩在沙发上,静候着医生的宣判。

"她醒了,没什么大碍了,好好静养,纱布……"

"谢谢医生,有事的话我们再叫你。"经纪人很迅速地打断了医生的话,眼神瞥向默不作声的柳如烟,见她并未有太大的起伏,才定下些心,不住地和凌睿交换着目光。

凌睿能感觉到,含曦握住自己的手不断地冒着汗,还不时地颤抖。他下意识地紧紧回握她,勉强牵出一丝笑容。

之前已做了无数次准备,临阵时,他还是踌躇了,不知道该怎么说出这残忍的消息。

"我……怎么了?"

正当众人面面相觑,却都不知该如何起头时,反倒是柳如烟开了口,气若游丝的声音听得含曦心头绞痛。

"阿姨……"凌睿试探性地唤了一声,感觉到含曦试图阻止他。他觉得,早晚都要面对的事实,任是谁都欺瞒不了,不如坦诚相告,勇敢直面。

"好好休息最重要,你的脸……也许毁了……"

"是吗?那可以做植皮手术吗?"出乎众人的意料,柳如烟的语气格外平静,甚至没有一丝波澜,就像是在议论一件与自己并无太大关系的事。

"医生说烧伤面积太大,恐怕……有些困难……"相较于她的坦率,反倒是凌睿有些迟疑,小心翼翼的。

"我明白了,没事的话都出去吧,医生不是说我需要好好静养吗?别都聚在这里,我透不过气,明天早上再来吧。"柳如烟困难地翻了个身，十分冷静。

"妈……"

含曦鼓起勇气起身，喊出一句支离破碎的妈妈，刚想说点什么，她的嘴被凌睿捂住了，直接拉着她往门外走。她瞪大眼，不解地看向他，默黑的眼里满是质疑。

"让阿姨好好睡一觉吧，这里有医生护士，不会有事。既然她想一个人静静，那就听话，明天我再陪你来，你也需要休息。"凌睿仅在她耳边咕哝一句话，顺利地让她安静了下来。

她眨了眨眼，无奈地点点头，随着大伙一起出门了，挂念着床上的妈妈。正是她非同寻常的平静让含曦觉得胆战心惊，仿佛一切都在预料中一样。

"换洗的衣服，水果，汤……都在了，凌睿，有没有缺什么？"医院安静的长廊边传来女孩清朗的嗓音，隐隐带着疲惫。

闻声，凌睿浅笑，心疼地搂过含曦："不缺了，就算缺了，我也能帮你回去拿，别太辛苦了。"

"那些记者都安排好了吗？真的不会出现？"

"嗯，你陪阿姨吧。"这些话，含曦从刚才出门至今，几乎叮唠了上百遍。凌睿一次次不厌其烦地答着，一点都不觉得累。只要能让她觉得有撑下去的依靠，让他付出再多都无所谓。

得到他的肯定，含曦淡笑，这笑容苦涩异常，让人瞧了更加心疼。纵使没有从小的相依为命，妈妈对含曦来说仍是无可取代的，那种母女连心的痛是烙印在血液里。这与生俱来的母女情，这二十多年的牵肠挂肚，任凭是全天下的人都放弃了柳如烟，她都绝不会放手。

有了这个坚定信念，还有凌睿全力以赴的支持，含曦突然觉得，即便面对再多未知的将来，她都不怕了。想着，她握紧小拳头，加快步伐往病房走去。

推开门的刹那，映入眼帘的画面让她又一次失控地大叫出声。

"妈妈，你怎么自己下床了。"含曦疾步上前，手忙脚乱地扶住母亲摇摇欲坠的身体。虽然医生宣布已经好转，可母亲的举动让含曦的心瞬间提到嗓子眼。

"躺累了而已，别管我。"柳如烟没有坚持，任由含曦将她搀扶回床上。

一旁默立着的凌睿猛地皱眉。这话太冷硬，不像是一个母亲面对女儿的焦切关怀该有的反应。

不只是凌睿，就连含曦自己也感觉到了。柳如烟快速地抽回手，语气里有明显的疏离，让含曦有些不安。

她试着说服自己，也许妈妈是因为突然的噩耗，影响了情绪，表现有些反常了些罢了。人之常情而已。

"凌睿特地为你煮了汤哦，连给我喝他都不舍得，好香，我替你盛出来凉凉。"

安慰好自己后，含曦又换上了若无其事的笑脸。

"放着吧，我现在不想喝。"柳如烟淡漠地回道，目光呆呆地定在窗外。

"那……"回绝得太爽快,含曦都不知该怎么接话了,左顾右盼了一会儿,她才又兴奋了起来,"那你要不要吃苹果,我给你削。"

"不用,我这里没什么事,有医生在,你们先回去吧。"

犀利的逐客令如同冬日的一场鹅毛大雪,瞬间降落,势头猛烈。看似轻描淡写,却冰封了含曦欲出口的所有关心。

无奈地望着眼前始终冷漠的母亲,她硬生生地吞回所有的话,手足无措。

"阿姨,别这样。脸上的伤也许还有办法,别灰心。含曦只是想留下陪你说说话。"凌睿看不下去,但是也不敢越过辈分把话说重,只好软下语气柔声规劝。

跟含曦一样,他也只当她是因为意外被毁容而郁郁寡欢。

"呵呵,不过是毁容罢了,我还没那么脆弱。只是没话想说,也懒得说,回去吧。我要是有事,再打电话给含曦,平时就别来了,免得被记者撞见。"

"阿姨……"这回,换成了含曦突然截住凌睿,拉着他往门外走去。

临行前,她叮嘱一句:"妈妈,那你好好照顾自己,我等你电话。"

而后,她拖着凌睿离开了。

妈妈变了,那么明显的疏离,含曦能感觉到,她的每句话都说得很明白,仿佛将她视作一个毫不相干的人。

这样的感觉刺伤了含曦,她一直天真地以为自己和妈妈间该是最亲密无间的。到底还是天真了，妈妈不愿意跟她分享任何心事。尽管这些年彼此相隔千里，她们都习惯了孤寂，习惯了天大的事都一个人面对。那种隔阂一直存在，就算现在一团和气，这种隔阂也不会消失殆尽。

想更懂你，不是为了抓紧你，只是要你知道，有人永远爱着你。

屋内很静，夜半徐徐晚风带着些凉意，俏皮地透窗而入，扰得轻纱窗帘翩然起舞。

含曦窝在凌睿的怀里，厚实的胸膛，柔暖的沙发，至少能让她暂时忘却寒冷。没有开灯，只有电视屏幕上散发着的幽蓝光芒忽明忽暗。

许久，碟片自行更换，屏幕重新亮起来。

正播放着的是柳如烟出道至今所有专访的合集。她的事已成了最近各大媒体争相报道的消息，到处都在追忆这个一代名伶的毁灭。或者，如刚电视里那个主持人所说，对于柳如烟而言，死亡反倒是种解脱。她已经将最美的瞬间永远留在影迷们心中。

无所谓了，对含曦而言都一样，无论妈妈成了什么模样，在她看来都没有任何改变。

"含曦，别再哭了，这样会让我觉得自己很没用。"憋了良久，凌睿终于忍不住了，干涩的喉间挤出这么一句话，无比担忧。自从阿姨出事以来，含曦几乎没有睡过一天好觉。他却什么都不能做，只能眼睁睁看着自己最爱的女孩一天天消瘦。

含曦目不转睛地看着小小的屏幕里那个神采奕奕的女人，她笑得很灿烂，骨子里透出来的风韵和自信是谁也取代不了的。她兴高采烈地讲述着自己在国外经历的趣事。

"以前我一直梦想……如果自己能和妈妈有着一模一样的脸多好，当听到修道院的修女们说我的嘴像妈妈时，我兴奋得一晚没睡觉，她真的好漂亮，为了梦想也真的好努力，付出了太多，甚至……差点连我也丢下了。可是，为什么会换来这样的遭遇？我似乎能读懂她，这是老天给她的命运，怎么都抗争不了。"

含曦抽泣了一下，徒劳地睁大眼，继续说道："凌睿你知道吗？妈妈刚回来的时候，我好恨她，恨她在专访里面不改色地否认我的存在。可我还是傻傻地把那期专访看了好多遍。这些天来，妈妈一直在我身边，我觉得好幸福。我真的好爱妈妈，我不知道爸爸是谁，妈妈是我在这个世界上唯一的亲人了，我好怕失去她……"

不争气地，含曦的视线又一次模糊了，越说情绪越是失控。电视里的这些片段，她曾看了无数次，甚至可以一字不差地背下来。可她怎么也没想到，生活对她如此残酷。

"至少她辉煌过了，你看最近的新闻，这样的落幕并不会让人们遗忘了她的努力。"凌睿笨拙地试图去安慰她，可连自己都觉得这话没什么说服力。

"可妈妈走不出来，她把自己封闭起来了，她连我都不想见。"

那天离开医院后，她每天请假在家，不断给手机充电。她把手机放在窗台上，生怕因为没有信号而错失了。可已经一个星期了，含曦始终都没等来母亲的电话。

或者她错了，妈妈只是在避着她，疏远她，除了含曦似乎谁都可以见。

想了一会儿，凌睿皱眉说道："也许正是因为你们太像了，你的脸会勾起她太多回忆，所以她才不想见的。别想太多了，给阿姨点时间，突来的变故谁能一眼就想得通，看得透？"

"凌睿，你不会懂这种无力感。她是我母亲，可我突然发现，自己对她的了解竟然是那么肤浅，我甚至从来不知道她心里究竟在想什么……"

凌睿苦笑，他怎会不懂。比起含曦，他更明白这种无力感，他连自己的父母是谁都不知道。只能茫然地在这个他们曾经可能生活的城市里，寻找一些模糊的痕迹来填满自己空虚的心。

"阿姨也快出院了，不如把她接到这里吧。那个家她是回不去了，一定守了很多记者，我陪你一起照顾她。"

含曦仰起头拼命点着，脸上洋溢着掩饰不住的兴奋。

凌睿很欣慰，至少这个世界上还有一个人，陪伴着他，和他风雨与共。

一个眼神，一句话，甚至只是一声叹息，凌睿就能明白含曦的心声。反之亦然。

那种感觉让他觉得好饱满，想着，他闭上眼将她搂得更紧了。再大的风雨，幸好有彼此扶持着。

在凌睿的陪同下，含曦给妈妈办了出院手续，秘密地将她接到了自己的家中。意料之外的是，这一切竟然出奇地顺利，妈妈甚至没有反对。这对含曦来说至少是个好的开始。

"凌睿说，他放学回来给你带你最爱吃的烤鸭，还有什么想吃的就告诉我，我打电话让他带回来……"含曦一个人窝在厨房准备晚餐，絮絮叨叨着。

宁静的下午让人不禁产生错觉，仿佛一切都没有改变，又回到了最初，一家人其乐融融。

叨唠了很久，她都没听到妈妈有反应，含曦也习惯了。虽然人是来了，但是妈妈每天还是很少说话，多半是坐在窗口发呆。

含曦耸了耸肩，继续忙开了。客厅里传来电视的声音，忽然入耳的是一阵熟悉的笑声，很爽朗，片刻后是主持人的提问声。

含曦猛地僵住动作，脸色惨白，慌忙丢下手里的活，冲出厨房。

"妈……"睨了一眼电视，上头正播放着的是含曦珍藏的影碟，都是妈妈的。

此刻，妈妈正拿着遥控器，坐在沙发上若无其事地看着，背挺得笔直。这太过平静的表现，更让含曦害怕，她轻声说话，小心翼翼地试探着母亲的反应。

"那主持人真八卦。"

隔了半晌，对含曦来说却像一世纪之久，柳如烟唯一没有扭曲的美丽红唇间说出了一句话，听上去更像是个玩笑。这让含曦放下心来，她低着头，默默走过去，很想将电视关了，可又害怕那个举动会在刹那间触发一切，只好犹豫着。

"含曦，我想吃草莓。"

"啊？"对于妈妈第一次主动提出的要求，含曦没反应过来，愣了一会儿,她才开心地点头,"好,我让凌睿带回来。"

"我现在就想吃,可以帮我去买吗?"柳如烟微仰起头,黑白分明的眼轻眨,带着乞求。

她脸上大部分的纱布已经拆了,只留下零星一些。那些触目的印记看得含曦揪心,她拒绝不了,尤其当触及那道眼神的时候,她的防备在这一刻瓦解了。

含曦点着头,二话不说地拿起外套,往门外奔去。

临走前她开心地嘱咐:"我很快就回来,你自己小心哦,别勉强,想做什么都等我回来。"

见到妈妈毫不犹豫地点头,听话的模样让她感觉放下心来。

含曦轻轻地关上门,蹦跳着离开了。

· IS YOU GIVE ME ·
· THE BEAUTIFUL BUBBLES ·

是缘分,是巧合
又或是冥冥中的宿命

第十一章

听见天堂的钟声了吗?
是宁静,还是依旧风起云涌?

·IS YOU GIVE ME THE BEAUTIFUL BUBBLES·

不算宽敞的客厅里,女孩的身影来来回回,手中的电话都快被她打烂了,可得到的只是一波又一波的失望。娇嫩红艳的草莓散落一地,如同一地残红。

"好的,谢谢,有消息的话麻烦立刻通知含曦好吗?"凌睿客气地拜托,挂上电话,转头看向一旁疯了般的含曦。

这是最后一个电话了,连阿姨的经纪人都不知她的行踪。不过片刻,含曦出去买草莓的当口,回来后等待她的就是一室静寂。柳如烟不见了,找遍了所有她可能去的地方,可能联系的人,都没有收获。他们只能傻傻地看着时间一分一秒地流失。

"我真是笨,为什么会留她一个人在家。明明都已经感觉到她最近不对劲了,笨死了!"含曦边咒骂着自己,还边不停地用手拼命捶着自己的头,恨不得杀了自己。

凌睿冲上前,想阻止她的疯狂行径。可不知含曦哪儿来的力气,连他都觉得拉不住。他索性从身后牢牢地抱住她,总算让含曦的情绪稳定了些。

"现在不是自虐的时候,就算你把自己折腾死了也无济于事,理智点。"凌睿轻斥出声。他了解她,知道这时候徒劳的安慰说服不了什么,只能狠狠地把她骂醒。

"理智,冷静,一切会好的……都是这些话,可是一切却越来越糟糕……凌睿,我真的好累。我以为等了十几年,终于把妈妈等回来了,什么都过去了,原来只是一场噩梦,我什么时候才会醒?"说着,含曦无力地滑下,瘫软在地上,幸好有凌睿在背后搀扶。

他心疼地看着她,这个倔强独立的女孩,独自承受着的伤痛无人能懂。曾经,凌睿以为自己看明白了,原来也不过只是表象,他没有陪她经历过,不过他知道那十几年的等待是怎样的生活。如今,只是听她说,都让他觉得痛彻心扉。

"含曦,我们不是说好再大的风雨都要一起面对的吗?即便是噩梦,也要勇敢地迎上去,十几年都熬过来了,为什么快要看见曙光了,却退缩了。"

"我没有退缩,柳含曦不会退缩,在我被妈妈寄养在修道院的时候,我就告诉自己,天大的事,往后都要一个人扛……"

"是两个人,现在还有个叫凌睿的傻瓜陪着你,无怨无悔。"凌睿宣誓道,轻柔地吻去她颊边的泪,重复呢喃着,"你的事就是我的事,你的母亲也是我的母亲,我会用自己的生命去守护你在乎的每一个人,每一样东西。"

即便是在慌乱无助的此时,含曦的心仍旧因为这句单纯真挚的誓言战栗。她不敢想象,如果有一天连凌睿都离开自己了,那她的天空还会有光明吗?

今晚骤起的风似乎特别凛冽。含曦和凌睿就这样漫无目的地不断穿梭在各个街头,像无头苍蝇似的寻找。他们心里都清楚,这样胡乱地寻找不会有太大的效果,可就是谁也不愿坐以待毙。

直到接到经纪人的电话,含曦才立在街边,拿着手机却发不出声音,喉咙像被火灼伤了似的,干裂疼痛。她仰头,眺望着西边的日出,微弱的光亮是黎明的第一道曙光。

黑暗中徘徊的人都以为找到了方向,等来了希望。却没人知道,白昼之后还有黑夜,轮回不断,周而复始。

"怎么了?"

"去医院,妈妈在那儿。"

看她渐白的脸色,凌睿也不敢耽误,不再多问。待确定含曦坐稳后,他便发动摩托车,瞬间消失在街口,唯有轰鸣声弥漫开。

含曦闭上眼,努力平复住紊乱的心跳,趴在凌睿的背上,并不断告诉自己,希望还在,不会有事的。可是眼帘避去了光亮,漫天铺地席卷而来的黑暗里,她看见的全是火。一场场的大火,烧毁妈妈容颜的那场火,以及……方才经纪人口中妈妈独自跑去纵的那场火。

含曦想不明白,妈妈为什么要去纵火,她疯了吗?她究竟想烧死谁,是蓄意的阴谋,还是只是无意的宣泄?

又是这家熟悉的医院,含曦几乎是在凌睿的搀扶下,才勉强走到急诊室门口。

不同于上回,这次经纪人将消息封锁得很好。幽深的长廊上很静,能够清晰地听见那些等待的人发出的凝重的呼吸声。

"胡阿姨?"凌睿抑制不住地惊呼出口,没料到会在这里见到胡彩玉的母亲。

对方闻声,只是呆滞地转过头,满眼呼之欲出的幽怨,不期然溢出一声冷笑,足以使人汗毛直立:"真好玩,都到齐了。"

扔下这没头没脑的话后,她就转身离开了,步履有些蹒跚,跌跌撞撞的,整个人像是被抽空了灵魂般,空洞得如同一具行尸走肉。

"妈妈放火烧的人是胡云晖?"呆呆地望着那道背影,很快,含曦就醒悟了过来,脑中隐约拼凑出了大概,不敢置信地转头问向经纪人。

经纪人点头,无奈地吐出一记长叹,揉了揉发疼的太阳穴,有气无力地说了句:"你来了就好,我被如烟折腾得好久没睡了,我先回去休息一下,这里麻烦你照看了。要是有事应付不来,打我电话就好了。"

说着,她轻拍了一下含曦的肩,眼中流露出的情绪很复杂。任凭含曦和凌睿拼命地探究,她也不再多说一句。

大伙都走了,走廊上变得更安静了,只剩下含曦和凌睿两个,他们互看一眼,谁都没有说话,只牢牢地握住对方的手,一起倚靠着墙,静默仰头,屏息观望着急诊室外盈亮的红灯。

一直到它忽然暗下,有护士匆忙地从里面奔出,一脸焦虑,他们才直起身,静候着护士……

不管结局如何，都笑着看，因为最容易看清楚的落幕是喜剧。

"是胡先生和柳女士的家人吗？"

护士循礼问了一句，对于焦急中的两人来说却显得太多余。他们下意识地迅速点头。

"病人大量出血，需要输血，可不可以麻烦你们跟我去验一下血？"

含曦动作比护士还快，一马当先地冲在了前头。此刻，对她来说要多少血都无所谓，只要能救活妈妈。

凌睿望了她一眼，匆忙地跟上她的步伐。

一系列的检查，用去不少时间。在走廊尽头等待结果的两人不停地来回踱步，十分焦心了。凌睿突然在窗口处停住了脚步，想到里头正躺着的是活生生的两条人命。或许含曦的血能救阿姨，那胡先生呢，没来由地，凌睿觉得有些烦躁。

验血处的护士拿着报告奔了出来。

两人互看一眼，迎了上去，焦急地询问："怎么样？"

护士愣了愣，目光在他们之间环顾了一圈，而后才缓缓开口说："都跟我去抽血吧，你们的血型刚好可以救胡先生，至于柳女士我们已经从血库拿血了。"

"我们俩都可以救吗？"这答案让凌睿觉得有些惊讶，没想到自己和含曦血型一样。

"是呀。"护士看了他们一眼，然后开玩笑地说，"你们不会是兄妹吧，长得也很像呢。"

护士一句玩笑话却把两个人都吓了一跳。

幸好凌睿率先醒悟过来,有些生气地朝护士嚷道:"我们怎么可能是兄妹!"

"啊……我是开玩笑的,不好意思呀,因为胡先生是罕见的RH阴性血,而你们俩也是,这种巧合太少发生了。我看你们的年纪差不多,又有些相像,才猜测你们可能是兄妹,对不起,对不起……"看着凌睿血红的眼,护士有些被吓到了。

"不能确定的事就不要乱说!"凌睿不想去理会那个所谓的"极有可能"。身旁的人是含曦啊,是他用生命去爱着的女孩!

含曦是第一次看见凌睿发火,如同一头被人抢了地盘的狮子,竖起全身的鬃毛,草木皆兵地防范着。

她轻声开口,拉住他,劝了句:"救妈妈他们要紧。"

兄妹……这是足够让含曦凝滞住全身血液的假设,如果是真的,她会瞬间崩溃。可现在,趁她还有理智,她知道有些事更重要。这句话很成功将凌睿的怒火浇熄了。凌睿瞪了一眼一脸露怯的护士,深呼吸,缓下语气:"还不快走!"

"是是,这就去。"经历过不少事的护士,不止一次地看见有家属因为病人的逝世而癫狂,可像眼前这男孩的模样,她还是头一回碰上,那目光像是恨不得将她吃了似的。不敢再有片刻耽误,护士赶紧转身,小跑步地领着他们往抽血室走去,努力忽略掉后头那道骇人的视线。

转眼又是四个小时,天亮了,天空阴沉沉的。从窗外眺望出去,只看见满天的灰云,看上去十分抑郁。经纪人一早替含曦他们带了早餐来，两人却完全没食欲。

他们眼巴巴地守在手术室的门口，这里头躺着的已经不仅仅是两条人命，更藏着一个秘密，一个关乎含曦和凌睿未来的秘密。凌睿觉得无比讽刺，他设想过无数风雨，也早已经暗自发誓了无数次。不管什么事，他都会陪着含曦一起走下去。可是，老天爷该不会给他们开了一个巨大的玩笑吧？

"你们俩多少吃点吧，这样折磨自己也帮不了如烟，等她醒了你们还得照顾她呢。"实在看不下去了，经纪人在含曦身旁蹲下，语重心长地规劝。

含曦没有任何反应，她依旧蜷缩在墨绿色的椅子上，紧缩在自己的小小世界里。她听不见任何声音，她的内心无力地呐喊着。为什么会这样，如果早知道有如此残忍的可能，她宁愿永远活在井底，守着头顶的那一方小小天空。

"出来了！"

简简单单的三个字，让含曦和凌睿同时抬起头，匆忙起身。

手术室的门被护士打开，并排推出两张病床，病床上的一男一女皆睡得安详。反倒是这一刻，凌睿有些希望他们不要那么醒来，如果那样的话，有些秘密就能永远地封存起来。

至少他能掩耳盗铃地安慰自己。

"医生，怎么样了？"出声询问的是经纪人。

"不确定，暂时还没度过危险期。"身着纯白长袍的医生摘下口罩，露出疲惫不堪的倦容，"还需要观察一段时间，如果他们能醒过来应该就没大碍了。"

"多久才会醒？"含曦颤抖着唇，问得很平静，眼神眷恋在妈妈的睡颜上。即便是已经扭曲了的脸，在她看来依旧美好。

"一般两三天就能醒，但是柳女士先前的伤还没养好，新长的皮肤还太嫩，再加上这次又是大面积的灼伤，很有可能会突然伤口感染产生并发症。所以，我们也不能保证，只能尽力而为。先送他们去加护病房，如果有意外及时通知我们。"

"好。"凌睿点头，爽快地应允，不想再问太多。

医生口中吐出的每一个字，非但没让他们放下心，反而揪得更紧了。一切只能交给老天，他最怕的就是这种无力感，天大的事也只能眼睁睁看着它发生。

"凌睿，为什么天那么阴，为什么没有太阳了？"

"太阳一直在，只是被云遮住了，静静等待，很快……很快它又会出现的。"

静候昏迷中的人醒来是最残酷的，尤其还带着这样焦灼的心情。等待时，凌睿听见含曦像从前一样依靠在自己的左肩上，轻声低问。他闭上眼，让滚烫的泪无声滴落。

含曦不知道用什么来形容眼前的景象，原本清静的加护病房里，此刻混乱不堪。医生、护士慌忙地进进出出，一堆堆的仪器被推了进来。

玻璃窗外是闻讯赶来的记者，冷血地用相机拍摄着每一个画面，想回去夺个头条。即使是经纪人和院方拼命地驱赶，也不见成效。含曦看一眼外头，那些掩藏在闪烁的镁光灯中的人，那一张张脸多么丑陋。

呵……他们怎么可能会走,临近的两间病房里,住着高官胡云晖,当红影星柳如烟,多劲爆的新闻。

"含曦,看着我。"凌睿上前,扳过含曦的身子,严肃极了,"你听着,柳含曦是坚强的,换一种角度去看所有的事。即便阿姨真的走了,至少还有你留下替她善后一切,她是幸福的。"

凌睿看着床上的柳如烟,本就被火灼烧得骇人的面容,眼下正痛苦地扭曲着。

她的双手僵直,胡乱抓住床单,拼命用力,白皙皮肤下的青筋能清晰地看见。不需要去细细体会,凌睿也能感受到她的痛苦。

求生不能,求死不得的痛苦。如今的每一个呼吸,非但耗尽了她的全力,更是一种折磨,他能隐约体会到,这个生命正悄悄地在自己面前流失。

含曦含泪点头答应。

过了半晌,整个病房突然安静下来,心电仪不停地蜂鸣,漆黑的屏幕上只剩一条莹绿色的直线。多凄美的莹绿,含曦看着看着想到了那晚的萤火虫,微弱光芒足以慑人。

比起凌睿,她已经有了更多的心理准备。迷惘地抬起头,含曦看见医生无奈地看着手表,翕张着唇像是在和护士交代着什么。这一刻,连外头那些记者也安静了。又好像并没有安静,含曦看到大家似乎都在说话。

可是她听不见,什么声音都没有,她伸出手想试图抓住凌睿好支撑住自己的身体,却没能使上力,就这样硬生生地软下身子,跌倒在地。

她能感觉到凌睿尝试着抱她起身,可她不想起来,只想这样静静地躺一会儿。她睁着眼看着这个世界,摄入眼中的每一个画面都是妈妈临死前看见的画面,原来……这样灰暗。

……

"胡云晖醒了!"

这声呐喊来自外头那些记者。含曦听到了,她缓缓转过头,看着病床上挣扎着伸出手想握住妈妈的胡云晖,顿时不知究竟该憎恨还是该欣慰。妈妈宁愿陪上自己的命也要杀了他,可他却在昏迷中醒来只想握住妈妈的手。

费力挣扎了好久,可惜病床间的距离太远,胡云晖最后只有无奈地重垂下手,眼角有泪溢出,渗入洁白的枕头,消散无形。

缓缓地,他嚅动着唇,没人能听见他在说什么,护士赶紧上前凑近耳朵听着,良久才复述了出来:"分手……让含曦和凌睿分手……他们不能在一起……"

而后,病房又闹开了,医生们赶紧去替胡云晖检查。他闭上眼,不想再多说什么。然而就这一句话,足以让含曦和凌睿明白什么叫瞬间崩溃。

两颗年轻倔强,同样一直在假装坚强的心,没办法在一天之内承受这么变故。这回,就连凌睿也无力了,他只是徒劳地拼命抱住含曦。分手……他不敢想象,如果失了怀中的那股温暖,以后他的世界会是怎样。

放不开了,这爱已在心底扎了根,怎么放。

含曦像丢了魂般,任由凌睿抱着,眷恋在那个怀抱,不想离开不想面对现实。

窗外细雨连连,气温突降,连风是刺骨的,足够凝固住身体里所有的血液。她听见了,护士吐中的每一字就像利刃一记一记地刺入含曦的心,她却无能为力,只能看着自己的心在淌血,满地的血,艳丽讽刺。

她想起了凌睿曾经说过的话……

"都一样了,总之,你掌心的川字纹清晰地烙印着,柳含曦这辈子是逃不开凌睿了,你完蛋了。"

是的,含曦完蛋了,她再也勇敢不起来,恨不得让自己身体里所有和凌睿如出一辙的血都流干。

"含曦,为什么那么久了太阳还不出来。"

隐约间,含曦听见凌睿咕哝出这么一句,痛彻心扉,绝望无助。

病房外又一阵喧哗,记者都像被定住了般,傻傻地立在那儿,看着走廊尽头。每张脸都惊恐到骇人,没人还有心思注意到那两个在痛苦漩涡里纠结的孩子。而他们也压根没力气再理会那群人。

直到……门被用力推开,浓烈的香水味扑鼻而来,吸引了众人的目光。凌睿听见阵阵屏息惊诧声响起,缓缓地转过头,而后也忘了反应,甚至以为自己疯了。

"妈妈……"含曦看到了,正倚在门框上那个风情万种的女人是妈妈,她有着和妈妈一样的脸,微勾的唇角是若隐若现的笑容,不明显却畅快淋漓,夹杂着得意,狭长的凤眼轻挑,好看极了。

"凌睿,我看见妈妈了,她回来了,她没有死!"含曦忽然起身疯狂地尖叫，不断在心底告诉自己，是梦，一切都是梦。现在噩梦终于醒了，天空也会放晴，风雨后会有阳光等着他们。

然而，女子溢出唇间的讽刺笑意，尖酸冷漠的话语，却让含曦陷入另一场混沌："妈妈，呵呵……真久违的称呼呀，我的女儿，哈哈哈……"

偌大的病房里回荡着她癫狂的笑声，让人心惊。胡云晖惊恐地睁大眼，奋力抬起手指着眼前的女子，拼命地想喊出声，几番努力后，却只发出"啊啊"的叫声。

"天啊，究竟怎么回事，你是……如烟？"连经纪人都糊涂了，她下意识地转头看向另一边床上已经被蒙上白布的女子，目光又再次掉转回眼前这个，完全搞不清真相。

什么样的女人最可怕，毒辣的？自私的？还是丧心病狂的？

"连你也分不出吗？"女子轻笑，眼神媚波流转，缓缓地踱步到床边，掀起白布，看着床上永远闭上眼的人，发出可惜的哀叹声，"真可惜了呢，这么好的一个替身，就这样为了爱葬送了自己。"

含曦紧抓着凌睿的手，用尽全身力气，拼命摇着头。骨肉相连，她已经能彻底肯定眼前这个女人才是真正的柳如烟，她的母亲。永远冷漠的讥讽，不带丝毫感情的语气，只有她才说得出。

替身！难道让含曦欢喜了好久，以为等回来的那个人居然只是妈妈的替身！含曦不敢相信，这短短几分钟间有太多她无法去置信的事了。

含曦像是看到了魔鬼,站在她面前的这个女人有天使的容颜,骨子里却透着魔鬼的天性。她令含曦望而生畏,一步步地退缩着,直到无路可退。

她无助地仰头看着凌睿,泪水再也抑制不住地倾泻而出。

"到底怎么回事?"感受到含曦的恐惧,凌睿静静地拥着她,觉得眼前这个女人的笑脸刺眼极了。

"含曦,不要怪妈妈,妈妈是爱你的。"说着,柳如烟移动脚步,走到女儿面前,小心翼翼地捧起她的脸。慈母的模样展露片刻瞬间消失。

她冷眼看了一眼床上的胡云晖,咬牙切齿道:"柳含曦,看清楚眼前这个人!你今天所受的所有痛苦,不是我给的,是他给的。是他带你来到这个世界,却没尽过一天做父亲的责任,是他毁了一个女人的一生,所以我也要让他尝到身败名裂的滋味!"

"他是爸爸?"

沉声呓语,含曦看向胡云晖。

房门再一次被打开,这回出现的人是胡彩玉。同含曦一样,她也愣住了,接受不了这个事实。爸爸除了她,竟然还有个女儿!他背叛过妈妈!

"你骗人,你这个疯子!他是我爸爸,最疼我的爸爸,怎么可能有私生女!"比起含曦的冷静,胡彩玉要激动得多,她索性直冲上去,将柳如烟逼到墙角,嘶喊着。

幸好经纪人机敏地赶紧拉开她,才不至于让场面太难看,平白又送了一条新闻给那些记者。

"你跟你妈妈真像,没有理智没有风度。"柳如烟稳住身子后,稍整了一下仪容,幽幽地说,"有什么是不可能的,你只是从来没看清你的爸爸而已。何止是含曦,就连……凌睿,也是我无意中发现的,有可能是胡云晖的另一个私生子。呵呵,云晖,你不会忘了吧,凌睿的母亲曾经可是我最好的朋友呢。"

"所以,你决定回国报复。你找了特殊演员化妆成你的样子,当成你的替身。你想让胡云晖家破人亡,甚至不惜牺牲自己的女儿。你到底是不是人?含曦她是你亲生的啊,母女连心啊。我以为你已经不在乎这段往事了,不管以前这个男人给你多少屈辱,让你忍受了多少冷眼,至少你在国外开辟出了自己的天地,为什么还要执迷不悟?含曦她是无辜的啊!"

经纪人不敢置信,忍不住叹息。她简直不敢相信,自己陪伴了将近二十年的人竟是如此可怕。

"无辜吗?谁让她身上流着这个男人的血。"柳如烟看着窗外的雨帘,不禁想到了自己离开胡云晖的那一天。

那天,也是如同今天一样细雨霏霏,一样天昏地暗,她的梦在那一天永远地陨落了。

曾经的柳如烟一如天真的女孩,在演艺圈里跌跌撞撞,身心疲惫的她遇见了他,胡云晖。他有着良好的家世和标致的长相,还有满腹的才华,这样的条件足以让任何一个女人沦陷,即便知道他有家室。

柳如烟爱他,甚至愿为他承受无数冷眼和绯闻,不惜葬送自己的事业。直到他的妻子找上门，疯了般地打她、骂她，让她意识到自己的处境。可她的感情却收不回了，因为她的肚子里有了他的孩子。

万般无助下，柳如烟不过是想见他一面，告诉他，自己可以不要名分，只求能伴在他的身边，只求他能分一点爱给她，还有他们的孩子。

可她怎么也没料到，她用那把曾经象征爱意的钥匙打开那扇门后，会看到如此不堪的画面。他用来金屋藏娇的别墅里，床上赤裸缠绵在一起的两人，是胡云晖和她最好的闺蜜清灵。

"你把孩子做了吧，我妻子刚有了身孕，清灵也在一年前替我生了个男孩。我不需要孩子了，你要多少钱我都给你，做了吧。"

当时的胡云晖抽着烟，明亮的白炽灯下，柳如烟透过袅绕的烟雾，第一次将这个男人看得如此真切。他以为她是为了钱才这样践踏自己的吗？

最终，她什么都没要，退隐娱乐圈。人言可畏，那段日子她体会得淋漓尽致了。直到含曦九岁了，她才下定了决心——柳如烟绝不能白白让自己成为被人嘲弄的玩偶。

"你……是从扔下我的那天，就开始酝酿这个计划的吗？"含曦松开了凌睿的手，步步逼近母亲，眼神比起她更冷漠。

愣了片刻，柳如烟仿佛在女儿身上看见了当年的自己，很快她就回过神："不是，曾经我是真的想为我们的将来打算，想让你即使没有爸爸，也可以过得幸福。直到得知了凌睿的存在，我才有这样的想法。我开始调查，因为这个男人无情的抛弃，害得凌睿的母亲自杀，那年她才二十三岁，凌睿也才两岁！胡云晖他负了我，最后也负了我最好的闺蜜。"

……

这些话柳如烟说得很轻松，像在闲话家常一样，却让一旁的众人听得惊心动魄。

含曦不敢想象，眼前这个女人就是她等了十几年的母亲，她连自己十月怀胎的骨肉都能作为棋子来利用。

病房很乱，犹如被雷击般，胡彩玉无力地跌坐在了地上。太多的变故让她无法接受，她曾不顾一切爱上的人居然是自己的哥哥，而她的情敌竟然是柳含曦……她的姐姐。

因为恨，我们不停去报复，最后才发现迷失的还是自己。

静静听着这个荒唐的故事，凌睿闭上眼，挫败地靠着墙壁。这是头一回听到关于生母的消息，他开始庆幸自己此刻才知道的。如果知道得早一些，或许他也会像柳如烟一样丧心病狂，不顾一切地想毁了胡云晖。

爸爸，凌睿这才知道，这个所有儿女很平常的爱的称呼，竟然是一种巨大的伤害。

眼前的病房一片狼藉，当报复的火焰蔓延到了现实，付诸了行动，演化成如此凄惨的下场。

院方已经把记者赶走了，四周静了，只有淅沥的大雨，依旧我行我素地滴落。

"你知道我有多爱你吗？看现在我有多恨你就清楚了。"在胡云晖的病床上坐下，柳如烟伸手抚上他的脸，眼神里隐约还能见到当年的爱慕。"我费尽心机安排了这出戏，故意找来替身扮演我，接近你，也接近凌睿，让他有机会可以认识含曦。这两个孩子倒还真配合。我要你亲眼看见自己的女儿和儿子真心相爱，却又不能相守，要你饱受煎熬，悲痛欲绝……可惜，你的运气总是那么好。我千挑万选的替身居然真的爱上了你，真的将含曦视作了自己的女儿。"

柳如烟缓了口气，拭去自己的泪，继续说："她居然抛下含曦去放火烧死你，想跟你同归于尽，死都要在一起，也想让含曦和凌睿是兄妹的秘密随着你们的逝去一起掩埋，让他们一起去国外开心地生活。多可笑，哥哥爱上了妹妹……哈哈！"

"你是疯子，你真的疯了，为什么要这样……你可以冲着我来，为什么要把两个无辜的孩子牵扯进去……让他们为了上一代的恩怨彼此折磨，你会把含曦逼疯的……"

胡云晖努力想撑起身体，呼吸愈发急促。他喘息着，好不容易才说出这么一段话。他眼角有泪，嘴角渗血，随之而来的是一阵猛咳。咳得撕心裂肺，肝肠寸断。

意识到不对劲，胡彩玉赶紧冲上前，紧握住爸爸的手，顾不得其他，一遍遍不厌其烦地替他擦去嘴角的血。

不管刚才柳如烟的话给胡彩玉带来了多少震撼，她依旧无法憎恨自己的父亲，尤其是此刻这样虚弱无力的他。自从上回她任性地刺伤凌睿后,父亲不顾尊严为她去求情,她才知道,原来父亲竟是那么疼爱她。

"凌睿、含曦……过来,过来……"感觉到自己快不行了,他低语,召来一双儿女,紧握住他们的手,"是爸爸的错,对不起,对不起……分手……去找寻自己的幸福……"

眼看着跟前这对亭亭玉立的儿女,他却来不及再弥补什么,甚至连失而复得的欣喜都没机会把握了。

曾经,胡云晖一直觉得自己这一生亏欠了太多人,直到现在他才发现,他欠得最深的就是含曦和凌睿。

他们甚至一天都没享受过父爱,却要承受他从前犯下的错。

胡云晖怎么也没想到年少气盛的冲动会铸就今天的结局。

渐渐地,他垂下头,呼吸停了,至死都没放开他们的手。他始终没有闭上的眼睛得很大,牢牢地盯住柳如烟,说不清的爱恨情仇,仿佛是想把这张自己曾爱过也恨过的容颜拼命刻进脑中。

柳如烟还在一旁大笑,她成功了,明天的新闻足够让胡云晖身败名裂,可她却没有预期中的欣喜。她只是想笑,用笑来安慰自己,假装这一切成功足够给她带来喜悦。

笑着笑着,反而哭了,她跌坐在另一张床上,想起当年初见胡云晖时的情景。雷雨天,她从片场走出来,嘟着嘴,埋怨这场不该出现的大雨。他慌忙跑来,也躲进了雨棚下,那一眼互望,让她从此陷入万劫不复。

终于,柳如烟控制不住自己如潮的思绪,痛哭了起来,手胡乱地抓着，就像溺水的人想垂死挣扎，握住一株救命稻草一样。她抓到一只手，尸体冰凉的触感让她发疯似的弹跳起来，拼命地大叫。

整个病房再度陷入混乱，只有含曦和凌睿目不转睛地互相注视彼此。他们都知道，每个人都必须面对这一切。这一眼，他们只想将对方刻入心底。然后带着最初的微笑转身，背道而驰。

没有谁是谁的毒，一切只是作茧自缚，自然也没有谁是谁的药。总有一天，绚烂阳光下，或许他们能平淡地谈起这段往事，欣慰浅笑。也许……只是也许……

"连就连，你我相约定百年，谁若九十七岁死，奈何桥上等三年……"

连绵了好些天的雨终于停了。碧绿的草地显得生机勃勃，团团簇簇的花争相绽放春生机盎然。

仿古的尖角亭里传来优雅的女声，一遍遍念着曾经的誓言，好像又回到了恋爱的时刻，那曾经的地老天荒。

突然，她笑了，笑容里是恬静悠然的味道。澄清的眼神有些陶醉，好像又回到了年轻时的岁月，和自己最爱的人手拉着手，一起在夕阳下漫步，梦想着属于彼此的未来。

"我挡了所有记者，或许这样的安静对于如烟来说会好些，她才能安心养病，早点康复。含曦，要辛苦你了。"

"邵阿姨，没事，不辛苦，其实现在这样，对妈妈来说也许是一种解脱。"

含曦转头看了一眼身旁的阿姨，陪着妈妈好些年的经纪人。如今妈妈疯了，她还愿意经常看望陪伴，含曦觉得很感动。

那日的混乱后，他们接连送走了两个人。妈妈也疯了，被送进了疗养院，看着眼下安静的妈妈，含曦觉得也许这是个不错的结局。

总好过她自己一个人，拼命地在无边无际的黑暗中无力地抗争。含曦敛起笑容，默默地转身，眺望着远方。不经意，她看见了那个树丛后的身影，曾经她最熟悉的身影，那个怀抱救赎了她，也湮没了她。可如今，他们只能感受着对方，遥望着对方，默默关心着对方。

伸出的手即便隔着仅仅一个转身的距离，也无法再相握。因为，谁也做不到忘掉过去。他们都忘了怎么去忘记。

良久，风抚过，吹起含曦的长发，也吹来飘扬的柳絮。含曦呓语出声，她知道隔着那么远的距离，凌睿听不见。

可是，无所谓了。她不要他听见，她只要自己确信，而后继续在疯狂中疯狂。

远处，凌睿知道含曦看见了自己。他不想回避，于是就这样傻傻地伫立着，目光炯炯。

泪痕早已被风干，也似乎再也流不出了，原来一个人的眼泪也有流干的时候。

从前的凌睿经历过太多，一个人浪迹，求生，漂泊。可是他从来没有流过一滴泪，因为他清楚眼泪救不了自己。

现在，他一样知道，眼泪挽救不了这段刻骨铭心的感情。

可是，他还是哭了。他看见含曦的唇在嚅动，隔着那么远的距离，他听不见她的声音。但是，他们的心曾经、现在、将来……一直离得那么近，他又怎会听不见她的心声。

无声地，他眨了眨干涩的眼，转身离开。

举步间他轻语："我也永远爱你。"

声音消散在风里，凌睿不知道风会不会把这句话带给那个女孩。如果可以选择，他希望她永远听不见，甚至希望自己可以留给她一个决绝的背影。

有时候难免埋怨命运，偏要把相爱诠释成相爱过。

清晨，露珠还凝结在碧绿的树叶上，摇摇欲坠，晶莹剔透。

鸟儿哀鸣着飞过，大片树林环绕下的墓园，肃穆中透着几分宁静。混迹在黑压压的人群里，含曦始终低着头，心里萦绕着悲哀，可她哭不出来。

太多的泪、太多的痛，她都已经麻木了。今天是爸爸的葬礼，身为高官却格外冷清，只有零星几个亲戚。临死前，被妈妈一闹，这个男人用了一辈子积累下的名声全没了。顷刻，他身败名裂。妈妈成功了，可也发了疯。彼此折磨为的就是这个可笑的结果吗？

看着墓碑上那张照片，照片里的人笑得灿烂，依稀还能见到年轻时的俊朗。

凌睿冷着脸，看大伙扔下手中的花。他想，这样也好，用这些鲜花这些黄土，把所有的恨和爱都埋了。

然而他还是抑制不住地抬头，目光掠过隔着的人群，直锁一言不发的含曦。她咬着唇，大大的眼睛十分空洞。凌睿握了握手心，好想像从前一样揽她入怀，给她安慰。

只是，他们都越不过兄妹这道坎。

牧师面无表情，公式化地念完祝福，那些人一一上前，给予胡妈妈和彩玉安慰，而后毫不停留的离开。他们的脸上寻觅不到一丝该有的悲痛，只是有些许的惋惜，敷衍的惋惜。

带着胡云晖儿女的身份，含曦和凌睿即使希望迅速逃离，也得留到最后曲终人散的时候才能离开。

两人目光相对，彼此都免不了一震。彼此思绪压抑得再深，在这样对视下，情绪再也控制不住地喷涌而出。

含曦顿了顿，默默调匀呼吸，尝试着摆出一个若无其事的微笑，却发现太困难。

"哥哥，姐姐……"

两个人正尴尬，谁也不知道这样的情况、这样的身份下，到底要给对方什么样的表情才算适合。胡彩玉的声音忽然插入，有些怯弱，试探性地轻唤，这迟到的称呼。

她眨着眼，眼眸中的挣扎丝毫不亚于他们："我和妈妈商量过了，你们还有学业要完成，不如……就搬来和我们一起住吧，大家在一起也好有个照应。"

"不用了！"

"不用。"

还是那股默契，他们几乎是异口同声地喊出那句话。互看了一眼后，情愫依旧还在，匆忙地收回视线，含曦这才注意到一旁满脸失望的彩玉，她忍不住安慰："我只是习惯了一个人，而且还要照顾妈妈，住在外面会方便点，我会经常来看你和阿姨的。"

胡彩玉体谅地点了点头，眼神转向了凌睿。多奇妙的际遇，此刻，连她都不知道该说什么好了。

凌睿垂下眸，觉得身心疲惫。他没含曦那么多冠冕堂皇的理由，只是下意识地想避着她，天真地以为看不到听不到就会不再想了。

"那你们俩都经常来，阿姨煲汤给你们喝，一个人在外面生活也不容易。至于……你们爸爸临终时的遗言，还需要你们自己好好斟酌。阿姨就先走了，你们好好和他说两句吧。"胡妈妈无奈，苦笑看向这两个孩子，对于他们之间的关系多少也看明白了些。都是孽缘，正如胡云晖说的，为什么要报应到这两个单纯的孩子身上。

胡彩玉体贴地挽住妈妈，一步步离开，不放心地回头，被愁绪覆盖的眼神让她看起来成熟了不少，也懂事了很多。

"妈妈，你真的不恨爸爸吗？"忍了许久，在一起走远后，彩玉终于还是问出了口。

她感觉到母亲的手臂轻震，缓出气，闭上眼，恳切地说："不恨了，你也不要恨。人都已经死了，还有什么是放不下的。"

仔细想来，这些年胡云晖无论是对她还是对彩玉，都无微不至地照顾，给她们最好的生活，所有人中也许最没有资格去恨的人就是她了。比起柳如烟,还有凌睿他母亲,她甚至该为自己的结局庆幸了。

"那你说哥哥和姐姐真的能放下吗?"说到这里,彩玉又回头看了那两人一眼。

"但愿能吧,放不下他们又能如何呢?"胡妈妈反问了一句,感叹。

"我忽然觉得,只有他才是最幸福的人。"

等到四周静了,静的只有清脆袅绕的鸟鸣,凌睿开口了。他轻轻走到含曦身后,陪着她,一起安静地看着那个黑色墓碑。

含曦能感觉到他的气息,像以前一样,如此之近。只要她后退一步,就能安慰自己说凌睿一直都在,可事实她却往前迈了一步,刻意拉开彼此间的距离:"如果没有柳含曦,凌睿也会是幸福的。"

"我的幸福一直都是你给的。"如果没有她那一句完全违心的话,凌睿或许还能克制住自己。可当听见她的话语,看见她的逃避,他只觉得心被狠狠地撕裂了,对方甚至还拿最戳心的话语直抵他最脆弱的心房。

凌睿积压了多日的感情,他最坚定的信念,在这个清晨崩塌了。失去了理智般,他突然拉过含曦,不让她有丝毫可以逃开的缝隙,将她紧拥入怀中。他狠狠地吻向她的唇,只想任性最后一次,欺骗着彼此。这个吻他用尽了全身的力气,恨不得想通过交缠的舌将灵魂也交给她。他不敢再说"爱",只想着含曦能从这个吻里体会到他的伤和痛。

一如凌睿所想的那样,含曦一直都是最懂他的,哪怕一个眼神,她都能读透他的心事。此刻,她没有逃避,任自己溺死在那一汪深情中。

含曦闭上眼,享受着他传递过来的眷恋情深。泪夺眶而出,滑过脸颊,渗透凌睿的指腹。她在他的吻里品尝到了咸涩、酸楚,不用睁开眼,她也能猜到,凌睿也哭了。

忽地,他放开她,别过头去,强迫自己不要再去多看她一眼。他可以因为爱万劫不复,却不能让自己爱的女孩背负任何压力,他平静地说:"现在我们一起转身,不要再回头,永远别回头了,寻找自己的幸福去,我会一直一直给你祝福……"

"凌睿……"含曦绝望地逼视着他。

收回迷恋的心,含曦告诉自己要坚强,即便是离开,也要给他最灿烂的笑脸:"你也是,忘了柳含曦,再见。"

凌睿点头,看含曦转身,又回头。他知道如果他不走,她会一直一直地回头,直到他们谁也放不开那双手,谁也无法寻找对方口中所谓的幸福。于是,他也转身了,才跨出几步,就猛地转头,痴望着那道背影。

这一次,含曦没有再回顾。她给了他一道看似洒脱的背影,也让凌睿明白,有一种爱叫放手。离开这里,他希望她可以做回最初的柳含曦,而他,永远不会是最初的凌睿。

因为……用尽一生,他也擦不去自己亲手在手心刻下的这个名字。

离开他，你可以再次微笑？你可以活得更好？

午后的大学校园，三三两两的学生嬉笑着结伴而过，散发着年轻的光彩。未来于他们是一个梦，未来于柳含曦是一片黑暗。

最近的柳含曦疯狂地迷恋上一首歌，它的名字叫《叶子》。含曦开始喜欢上那里面的每一句歌词，仿佛皆在唱着她的心声。

于是她开始习惯在暖阳的日子里，翘课跑去草坪上，闭眼仰躺着，一个人静静聆听那首歌：

只是我早已经遗忘

当初怎么开始飞翔

孤单是一个人的狂欢

狂欢是一群人的孤单

爱情原来的开始是陪伴

但我也渐渐地遗忘

当时是怎样有人陪伴

我一个人吃饭旅行到处走走停停

也一个人看书写信自己对话谈心

只是心又飘到了哪里

就连自己看也看不清

我想我不仅仅是失去你

含曦开始变得越来越安静，就连雷蕾都觉得无法亲近她。

这一段感情含曦不想让自己忘却。因为，忘了凌睿同样会让她痛不欲生。

　　她像歌词里唱的那样,一个人吃饭、看书、写日记……去他们曾经去过的广场看喷泉看和平鸽,晚上又是一个人跑去小山坡看萤火虫。她幻想自己的身边依旧还有一双手,小心翼翼地牵着自己。引导她用正确的方式走过人行道,安全地穿过马路。她可以放心地闭上眼睛,把自己交给那双手的主人。他会在冬天寒冷凛冽的风里,将她包裹在大大的外套里,一起抬头看雪。

　　含曦轻笑,看着手机屏幕上倒映出的那张脸,原来微笑真的要带着眼泪才耐看。

　　"为什么你不再唱歌了呢?"如同个天真的小女孩,含曦胡乱抚去额前调皮的发,对着手机自言自语。她多希望有一天它能像从前一样响起,然后屏幕上清晰显现出凌睿的照片和名字。

　　"你真的可以忘记吗?"她还自顾自地说着,甚至不敢提起他的名字,只能用"你"来代替。

　　每天放学,含曦都习惯地往那个街角走,期待有一天可以突然听见一声呼唤"喂,我等你很久了"……只是,那个人再也不会等在街角了。

　　含曦突然好想找他,告诉他,她不在乎了。不管这世界上所有人用什么样歧视的眼光来看她,她就是爱了,就是放不掉了,就是义无反顾了。可她没有勇气,不敢让凌睿陪着她一起堕落。

　　因为他这一生都可能会毁在她的爱里的。

　　"放手吧,也许他的摩托车后座已经有个更合适的人了。"含曦安慰着自己,想让那颗还在为凌睿跳跃的心快些死去。

就这么漫无目的地坐了很久，她用手遮住眼睛，透过指缝看着白花花的太阳，蓦地起身，换上了灿烂的笑脸，大步往校门外走去。今天她给自己放假，允许自己最后一次沉沦于缅怀中。她决定去拾起那些回忆，通通带回家珍藏起来。

"这个故事真好听，小伙子，你记得要每天来给我讲故事，每天带这些吃的东西来给我！"低矮的桃花林中有一座古亭，小桥流水格外惬意。亭子里零星坐了几个人，突然有个女声扬起，开心地握住眼前那个大男孩的手。

"好，我每天白天都会来。"凌睿浅笑，耐着性子安抚着柳如烟。

这句话他说了好几遍了，也确实每天白天都会翘课来看她，只是她常忘记了他是谁。白天来只是为了避开含曦，坚持来看柳阿姨……也是为了想在这张像极了的脸上寻找梦中女孩的痕迹。

"那就好，那就好……"

听着那一声声满足的呢喃，凌睿有些恍神了，他忆起了那个让他们从此牵手的地点。她假扮柳如烟勇敢地救下他，现在想起来，如果没有那一次的相遇，他们还会那么亲密无间吗？

"阿姨，你还记得爱一个人是什么滋味吗？"凌睿知道她已经听不懂了，也不会回答他了，只是随意地问。

那边的柳如烟闻言后，还是傻笑，径自吃着巧克力，说了句："甜的。"

凌睿无奈地苦笑，明明是答非所问，却还是被她回答得那么精准："是呀，好甜。就连分开了，想起来都是甜的。"

柳如烟忽然神秘兮兮地冲凌睿招手，等他倾身上前，她才轻声说道："你知道吗？他说过几天就会来接我，我们就会永远在一起了，呵呵，他说他最爱的人是我。这巧克力就是他送我的，好甜呢。"

凌睿知道她说的那个人是谁，不禁感慨出声："你其实并不恨他，反而一直一直都爱着他，是不是？"

柳如烟没有心思再理会他了，还是一个人自言自语，沉浸在自己的世界中。

"我也一直一直好爱她。"凌睿望着外头，说得很轻声。

"那就去找她呀，然后带她私奔，记住要趁晚上哦，不然她爸爸会把她抓回去的。"即便她说得那么轻，还是引起了身旁那中年男子的注意。

"可是我不能去找她。"凌睿继续说。他压抑太久了，真的好想找个人说说话。

博睿！他怎么会突然想到博睿呢？是的，博睿是警告过他，但是博睿不会明白他这回有多认真，或者他明白了，只是连他也给不出任何意见。

"那就去以前遇见的地方，她会在那里等你的，如果看见她了，就赶快带她走！"

男子说得很认真，凌睿皱眉看着身着病人衣服的他，突然觉得自己疯了，居然能跟疗养院的患者袒露那么多心事。

"我去逛逛。"

他起身离开，不得不承认那人的话让他来了兴致。他想去看，去他和含曦第一次牵手的地方看一眼，沉浸在回忆里，想着从前相偎的甜蜜，那是凌睿这些日子支撑下去的唯一动力。

凌睿走得匆忙，夕阳下映照出他孤单的背影。渐渐地越拉越长，而后由一个变成两个，重叠在了一起。含曦拖着逛了一天的疲惫身影，就这样出现在凌睿的身后，背对着他，望着眼前的疗养院。

换上最自在的笑容，不管妈妈现在还会不会康复，含曦坚持不让她看见自己的痛苦。

就这样，那两个重叠的身影又错开了，渐离渐远，谁也没有发现背后那个朝思暮想的人……

· IS YOU GIVE ME ·
· THE BEAUTIFUL BUBBLES ·

**是缘分，是巧合
又或是冥冥中的宿命**

第十二章

最难战胜的，是自己；
最难忽略的，是心魔。

· IS YOU GIVE ME THE BEAUTIFUL BUBBLES ·

在不断的错过中，我们积压下了重逢时的感动，所以它才会再也抑制不住。

随着变换的音乐，喷泉射出各种多变的形状，在夜色中绚烂霓虹灯的装点下，翩然起舞，用孤独的水来浇淋孤单的心。

鸽子懒懒地聚成一堆，窝在地上，不再振翅飞翔了。

凌睿紧了紧外衣，明明已经回暖的天，竟还让他觉得一丝寒意。他叹了口气，收回目光，瞥见身旁专注地看着自己的小女孩。

他蹲下身，亲切地问道："怎么了？"

"哥哥是在等女朋友吗？那买一束花给她吧，这样等姐姐来了，看见了一定会高兴的。"小女孩微仰起头，努力举高手中的花篮，卖力地推销着。

不经意的话让凌睿心里泛起苦楚，他勉强笑了笑，看着这小女孩深陷的眼眶，有些不忍："哥哥不是在等女朋友，但……可以买下你的花。"

"真的吗？你要买下所有的？"闻言，小女孩高兴极了，转瞬又怕他只是开个玩笑故意逗她，笑容垮下了。

"真的，你算算多少钱，我给你。"

接过凌睿递来的钱，小女孩才算放心，开心地将整个花篮塞入他手里，正打算离开又被叫住了。

"我不要你的花，你随便找个人送了吧，或者再卖给别人。哥哥没有女朋友，要了花也没人送。"他只是觉得这小女孩有些可怜，对于这些花，他实在没多大兴趣。

看那小女孩惊诧的模样，凌睿起身笑抚了下她的头，径自转身离开了。

他听见身后的小女孩大声嚷道："谢谢哥哥，我会送给一个漂亮的姐姐，然后下次再遇见你，就告诉你她的名字，你就有女朋友了！"

凌睿莞尔一笑，并未将她的话放在心上，脚步也未见停。

小女孩伫立在风口，望着那个哥哥的背影，开始挣扎了起来。如果把这些花又卖了，明天就可以休息了，可是她不能。

下定决心后，她的视线开始在广场上搜索，直到看见远处有个姐姐开心地拿着气球，那笑容暖暖的，看一眼就能让人难以忘记，她兴奋地奔上前。

"姐姐，姐姐，这些花送你。"

"我？"被她选中的女孩有些不解，皱了皱鼻子，蹲了下来，"为什么要送花给我？"

"有个哥哥买下了我所有的花，让我替他找个漂亮姐姐送。

送完了我就可以回家了，姐姐可以收下吗？"

女孩歪着头想了想，还是收下了："好吧，那就快些回家哦。"

"嗯嗯，姐姐有男朋友吗？我可以知道姐姐的名字吗？我答应要告诉那个哥哥的。"

"小傻瓜。"女孩被这小丫头真挚的眼神感动了，无奈地揉了揉她的发，"姐姐有男朋友了，我叫柳含曦，快些回家吧。"

"这样啊，真的好可惜呀，那我走了哦。"

说着，卖花的小女孩蹦跳着离开，远处的博睿露出一丝神秘的微笑。

含曦直起身望着那道背影，像是看见了小时候的自己。她没有卖过花，修道院的人都对她很好，可是……她跟那个女孩一样孤单，一直一直，都孤单。从转身离开他的那一刻起……

棉花般的白云，湛蓝的天，盘旋而过的鸟儿。

含曦仰头沐浴在教堂里传出来的歌声中，静静看着那个偌大的十字架，教堂里唱诗班的孩子们正用尽全力在赞美他们的主。含曦觉得，这样的歌声能让人分外安心。

这里是她曾经扮演新娘的那个教堂，也是在这里她第一次见到了凌睿。在一片混乱中，没有人顾得上她这个替身，只有凌睿接连救了她两次。那个温暖的怀抱，直至现在，含曦想起来，嘴角仍挂满甜蜜的微笑。还有十字架，让她想起了覃丝丝的那件事，仿佛无论走到哪儿，都是凌睿的影子。

其实，不过是些平凡无奇的东西，哪里都不会再有凌睿。可是，对含曦来说，哪里都有他，因为他就住在她的心里。

"傻瓜。"意识到自己这不争气的心，含曦脱口而出，骂起了自己。这样的肆无忌惮也只有一个人时才能展现，所以她爱上了一个人的生活。

发泄完后，含曦非但没有觉得心里舒畅了些，反而更加难受。她开始怀疑，自己是不是得这么反复无常地过上一辈子。

她挫败地吐出气，转过身，目光依旧恋恋不舍地眷恋在教堂那儿。理智却告诉她该离开了，她的脚步极慢，觉察到一丝不对劲，她能感觉到一道灼灼的视线正在背后死死地盯住自己。

她猛地转身，一瞬间，凝滞了所有的思绪。正对上的那双眼睛依旧深邃，却憔悴得可怕。眼睛的主人没有任何动静，只是这样目不转睛地瞪视着她，仿佛恨不得将她融入骨髓似的。

教堂厚重的大门忽然被打开，谁都没想到走出来的人会是博睿，他立在一旁，闲闲地看着这出重逢戏码。

只是此刻，于含曦而言，眼里除了眼前人，谁也容不下了。凌睿怎么也没料到，真的会再遇见。

他不敢开口，从看到那道背影开始，他就发现自己没办法移动脚步，他挣扎着，不知道该不该唤她。

心底偷偷下了决定，他说过要她永远不要回头的，如果……含曦回头了，他就再也不会放手！结果，她不但回头了，还驻足了，闪亮逼人的眼眶里有泪滑落。

每一滴，都是近日来独自煎熬的心碎，都是覆水难收的爱。

含曦不敢眨眼,怕一瞬间再次睁开时眼前什么都没了。她就这样拼命地睁大眼,看凌睿抿着唇,一步步靠近自己,他们互望着。

这一刹那,仿佛连呼吸都是种奢侈。凌睿知道自己再也控制不住了,他忘不掉,没办法当作从来没有爱过。

忽地,他闭上眼,不顾一切地将含曦拥入怀中。当再次触摸到这股温暖时,他怎么都不愿再放手了。

"对不起,含曦,我忘不掉……"

"我爱你,柳含曦爱凌睿,一直都爱,永远都爱。"比起凌睿,含曦更是崩溃,她匆忙地截断他的话,不愿去面对事实,只是这样一次次地呢喃。

他们的爱不是清淡如菊,可有可无的。一转身,纵然用上一生一世,忘不掉就是忘不掉。因为经历了太多,彼此在对方心底留下的就不仅仅只是几个回忆了,而是跨越生死的刻骨铭心,是融入灵魂的纠缠。斩不断,就像沼泽,你越是挣扎越是泥足深陷。

最难战胜的,是自己;最难忽略的,是心魔。

"你们会为爱而重生。"

那是博睿在离去前抛出的话,他的神情淡淡的,如果不是一贯冷冰冰的口气,她几乎不敢确认刚才的话真的是博睿说的。

回头看时,已有他的背影了。一步步依旧迈得优雅,傲然卓绝,骨子里散发出神秘的气息。眼下,被凌睿牵着手,走在曾经和他一起渐渐熟悉的街头,含曦又不经意想起了刚才博睿的话,他们真的可以为爱重生吗?

含曦觉得自己做不到。顺着交握的手，她缓缓抬眸看向凌睿僵直颓废的背影，她猜，凌睿也做不到，他们可以不顾一切地去爱对方，却都不会忍心让对方一直在这样的煎熬里过余生。

但是，要放手吗？放开这双好不容易又握住的手？

正当含曦踌躇犹豫时，凌睿突然紧了紧手心，薄汗随之渗进了含曦的手心。他希望她能感觉到自己的坚决，拥有她，放弃她，对他来说都是生不如死。

可他也清楚，自己超脱不了。每当想起这层可笑的关系，想起柳阿姨发疯之前那歇斯底里的宣言，他就开始恐惧。

"凌睿，我们要去哪里？"含曦忽然开口，声音很轻，在这杂乱的街头几乎轻易就被埋没。

凌睿还是听见了，他怔了怔，匆忙的脚步停了片刻，又继续牵着她往前走。

"我不知道，大概……一直走下去总会有个地方能待，无所谓了，只要牵着手，就算永远不停地走也是种幸福。"

其实，含曦更想问的是，他们能去哪里？世界那么大，她只觉得没有一个地方容得下他们俩，容得下这不伦之恋。

"你还记得覃丝丝的事吗？"歪了歪头，含曦真的觉得心揪着痛，她下意识地抬手去抹泪，可惜颊边什么都没有，她已经痛到只记得痛，连流泪都忘了。

见凌睿点头，她才继续道："那还记得我们一起排练过的《雷雨》吗？记得周萍和四凤的爱情吗？"

"记得。"凌睿驻足了，回头深究着含曦，复杂纠缠却又好似格外坚定的目光。他是了解含曦的,几乎不需要交流就能读透她的心。就算眼下,他也明白含曦真正想表达的意思。

"我们去海边吧,我喜欢海。"凌睿很认真地冥想了一会儿,笑着说得若无其事。

"嗯,哪儿都跟着你去。"含曦毫不犹豫地点头,转而又忽闪了下眼睛,垂下了头,"可我想先去看看妈妈。"

"哪儿都陪着你去。"

说着,凌睿已率先迈开步伐,跨步往前走去。

含曦傻立在原地片刻,便匆忙地追了上去,像从前一样肆无忌惮地挽住了他的手,依偎着。他会习惯性地揉她的发,宠溺地笑;她也会习惯性地仰头,做一个全然沉溺爱河的女孩。但他们都清楚,那只是片刻,下一次再如此,会是何时?

"柳小姐,又来看你母亲吗?"跨过狭长的走道,护工客气地打着招呼。

见到携手一起走来的两人后,她明显地愣了下,才惊讶地说:"原来你们俩认识呀,是男女朋友吗?难怪这位先生每天都会来陪你妈妈呢。"

含曦没有出声,与凌睿互看了一眼,冲护工笑了一下,便往里头走去。她清楚,自己迈不过现实的枷锁,而这枷锁更多的是自己给予的,她赢不了自己。所以,即便是出自别人口中真心的祝福、赞扬,她都觉得是生生的讽刺。

"原来你每天都会来陪妈妈。"

"嗯。"凌睿点头，温柔浅笑，"我想着或许能在这里再见到你，又怕再见到，所以都是趁你快放学了就走。"

"老天真喜欢捉弄人，既然让我们一次次错过了，为什么最后还要遇上？"

这是含曦最无奈的感叹，似乎老天只是特别喜欢捉弄她和凌睿。一次次，不遗余力地和他们开着玩笑。

"如果真的一直错过了，一辈子都错过了，你会忘了凌睿这个名字吗？"凌睿低声问，并未回头看含曦给出的反应，不用看他也知道，含曦不会，因为他也不会。

如他所料，含曦拼命地在他身后摇头。

临近病房时，凌睿才止住步子，轻声说了句："那就是了，也许老天都不舍得再折磨我们了。"

推开房门后，直扑而来的是个晶莹的玻璃杯。含曦来不及避，幸好凌睿敏捷地伸手接住，握紧后，他跨入病房，顺势将手中的杯子安置在安全的地方，这才发现病房杂乱不堪，护工们正想方设法控制住疯狂的柳如烟。

"怎么了？"含曦担忧地看向母亲，才发现她的手肘间全是血红的抓痕，微微渗着刺目的血，看得她一阵心惊。

"我们也不清楚，今天一早柳女士就像失控了似的，一直闹到现在。"一旁年纪偏大，身材却略显魁梧的女护工边拼命压制住柳如烟，边解释着。

含曦皱着眉，心疼地看着眼前这个完全陌生的母亲。她是真的陌生，发现从小到大自己从来就没将妈妈看透过。她是个极好的演员，演的是电影，也演着自己的人生，谁都不知道那张面具下的真实，即便是她的亲生女儿。

此刻，柳如烟窝在角落，似乎安静了些。她的发丝凌乱，披散开来，有些被咬进了唇中，眼神呆滞，没有焦距，一副痴癫的模样。

"没事了，你们都出去吧。"凌睿果断地下令。

这话一说，大伙焦急起来，连忙劝说："不行啊，她现在很危险……"

"虎毒不食子，再危险的人会对自己女儿下手吗？"含曦冷冷抛出一记寒光，厉声反问，堵得众人无言。

可柳如烟随即出口的话，别人听不懂，凌睿和含曦却能听懂。那是对含曦的话最好的反驳，最讥讽的嘲笑。

"他们相爱了，哈哈，我故意让你知道，你的儿子爱上了你的女儿。我要你死了都不能解脱，看他们痛不欲生，你才会痛不欲生！"嚷着，柳如烟又挣扎了几下，很快就停下来了，疯狂地大喊，痛苦的声音弥漫在整个病房，"胡云晖，把我的心还给我！"

含曦愣着，脸上没了血色。她不明白，母亲到底是真疯还假疯。为什么……为什么她至今都能清楚地记得胡云晖这个人，却不记得她。

与其在今生不停地错过，谁都把握不住，我宁愿赌你的来世！

良久，柳如烟似乎是累了。她靠在墙上，蜷缩着身子，前后摇晃着,口中念念有词,只是谁也听不清。

含曦咬了咬唇,拿起一旁的梳子,小心翼翼地接近母亲,怕惊扰了好不容易安静下来的她。

庆幸的是,直到含曦替她梳起了头发,她都不曾反抗,安静得就像个婴儿一样。

"妈妈,你的心一直在原来的地方,为什么看不见呢?就像含曦一直在你身边,不离不弃,为什么不看我呢……梳完这个头发,不要再弄乱了,以后没人替你梳了。因为……含曦累了,我想找自己的幸福去了,对不起妈妈,我为你活了二十多年,请容许我任性一次,为自己活一次好吗?"含曦自言自语说了一堆,她已经不在乎母亲是不是能听懂了。从来她就不懂自己的心,现在也不需要了。这是独自毫无怨言地撑了那么多年后,含曦第一次说出自己的委屈,她真的觉得累。

单薄的双肩扛不下这一切,更扛不下这命运的局。此时,她只是想做个交代,说出一直以来想说又不舍得说的。

"我还漂亮吗?"如含曦所料,柳如烟丝毫没有听进她的只字片语。她径自对着电视机,就着那反光的屏幕照着自己的容颜,手情不自禁地抚上,悠悠地说,"昨天他又来看我了,他说我的心好丑,他说好想看我初见他时的笑容。怎么办……怎么办……我忘了那个笑容了,怎么办?"

柳如烟不停地问着周围的人,问含曦,问凌睿,最后自己问着自己。

含曦无奈跪坐在地上,喃喃着:"我也不知道,我也找不回那个笑容了。"

最单纯的笑容,最初的爱,遗落在真相大白的那一天,从此不再出现。她转头茫然地望着凌睿,同样对上一双迷惘的眼。母亲的胡言乱语显然在他们心中投下了毒,渐渐散发开。她不知道该怎么定位眼前这个男人,哥哥?情人?

这天的午后过得特别漫长。含曦倚着窗边,凌睿默不作声地侧坐在窗台上,阳光从暖暖的,一直到散发不出威力,消失在凝重的夜色下。柳如烟睡了一会儿,偶尔安静,偶尔又会胡言乱语一气。他们尽量不去听她说的话,太犀利,现在的含曦和凌睿不愿意再去承受。

一直到入夜,含曦才突然正起身,换上一抹灿烂的微笑,仿佛即便没了太阳,她也能替自己制造一个一样。

"我们去海边吧。"

凌睿也笑了,在含曦这样的凝视下,他很难抑制住自己,于是"嗯"了一声。

临行前,含曦绕到了床边,静静看着母亲的睡颜。她还是如同以前一样美好,她的嘴角有微笑,是又梦到爸爸来看她了吗?还是,终于找回最初那个笑容了?

"妈妈,再见了,含曦一直一直都爱着你。"

夜幕下的海没有白天慑人的美,反而像是魔鬼,震耳欲聋地在咆哮着,吞噬着一切。

含曦第一次知道，在湛蓝海面下，还有这样骇人的一面。海风席卷而来，吹散了含曦的发，却吹不掉心头积压的愁绪。

海浪拍打着礁石，溅起沁凉的海水，凌睿忽然握住含曦的手，看着她的眼睛，对她说："最近这些日子，我一直都很乱。可是，我不能就此放弃。"

看着含曦嘴角溢出的一丝苦笑，他硬着心肠，对含曦说："现在我决定要面对现实，给我一点时间，我会努力为我们的未来去争取的。"

没有回答，含曦垂下头，看着近在眼前的漆黑大海，想起从第一次见面到今天博睿给过她的预言，似乎都是真的应验了，只是她不愿听。但她不悔，爱上凌睿，自始至终，她都不曾想过"后悔"二字。因为苍茫人海，他们偏偏遇上了，不偏不倚地爱上了。两个孤独的人在一起，他们甚至比自己都了解对方的心思。

"其实，周萍和四凤的结局对我们来说，真的好适合。"忆起那时，含曦忽然觉得好笑，命运仿佛在一开始就为他们埋下伏笔，给了他们预兆，终于他们还是走上了这条路。

含曦此刻脸上的笑容是幸福的，她找到了最初的微笑，单纯没有杂质。一种叫作死也不放手的爱。她想，既然挣脱不开一早就设定好的局，至少她能决定自己的命运。

他们都没有再说话，凌睿转过身，片刻不舍移开目光地注视着眼前的女孩，想永远记下她的容颜、她的味道，烙印进什么都擦不去的记忆最深处，来世再来寻找。缓缓地，他落下吻，极其轻柔，这一刻已经不需要刻骨铭心的纠缠了，他们连灵魂都纠缠在了一起,还有什么跨不过去的。

"答应我,下周是我的生日。我们在这里见!"凌睿抓住含曦的手,郑重地请求。

"嗯!"

含曦能清晰地感觉到他唇齿间的沉重,可是,下周,那么遥远的下周,如今令她度日如年的每一天,她还能熬到那一天,还会来赴约吗?

含曦不确定,可是看到凌睿祈求的眼神,她轻轻点了点头。

得到了她的允诺后,凌睿定下了心,他握住含曦的手,轻声但坚定地说:"含曦,等着我,一定要等着我。"

人潮拥挤的医院里,凌睿在焦急地等待检验结果。即使已经被柳如烟判定了死刑,但凌睿还是不甘心。DNA 鉴定需要七个工作日出结果,七天前他已经将自己和含曦的检验材料送了过去。

这是最后一线希望。凌睿双手合十,默默地祈祷,口中念念有词。

"凌睿!"护士的声音响了起来。凌睿的心脏如同千军万马奔驰而过,轰轰作响。直到护士再次喊出他的名字,他才跌跌撞撞地站起身来。

两分钟以后,一脸狂喜的凌睿冲出了医院大门,他手上扬起一张白色的检验单,口中狂呼:"含曦,等我!"

海边。

含曦遥望着海面上翻腾的浪花,眼中一片迷茫。巨大的海浪打过来,撞击出无数美丽的泡沫,晶莹剔透。一转眼,泡沫随着海水,消逝在空气中,无声无息。

是不是这爱情也如泡沫一般,美丽却短暂呢?想起凌睿的叮嘱,含曦的心忍不住颤抖。命运如此折磨,究竟是为了什么?

与其两人都承受着煎熬,不如这痛苦就由她一人承担吧。含曦咬咬嘴唇,抬脚向远处的海慢慢走了过去。

冰凉的海水漫过她的脚踝,吞没膝盖,淹过胸腔……朵朵浪花击打在她的脸上,她却毫无表情,只是沉默着前行。

含曦在心中默默呼唤,凌睿,我永远的爱,就让我来承担着一切,你要好好的,我会一直守护你的。

风依旧在猖獗侵袭,夜色雾霭,一如既往,似乎什么都没变。只有无边的海浪翻腾,那抹身影已经消失。

海水奔流不息,抹去一切痕迹。

海面上,清风徐徐,谁都不知道,曾经有一种至死不渝的爱,曾在这里蓬勃,又在这里逝去……

平淡流年中,只有风儿记得,最初十指相扣的那双手曾给予彼此的温暖。

完

· IS YOU GIVE ME ·
· THE BEAUTIFUL BUBBLES ·

是缘分，是巧合
又或是冥冥中的宿命

番外

· IS YOU GIVE ME THE BEAUTIFUL BUBBLES ·

二十年前一个冬天的夜晚，寒风呼啸。一个头戴鸭舌帽的男子抱着一个熟睡的小男孩，悄悄地来到了王老汉家中。

王老汉和王家女人仔细观察这个小男孩，男孩长相十分清秀。半晌之后，两人对望了一眼，王老汉拿出一根烟给男人，女人进了里屋，从床头柜拿出一沓钱，仔细数了数，然后放进口袋。

女人隐蔽地将钱交给了戴鸭舌帽的男人。

男人走了，小男孩被留下了。

睡醒的小男孩四岁左右，他睁着懵懂的眼睛，打量着这个陌生的地方，十分局促。他扁扁嘴，一副快要哭出来的样子。王家女人赶紧拿出一块糖，放进他的嘴里，又顺手塞给他一个旧玩具，小男孩嚼着糖，拿着玩具，安静下来。女人摸摸他的头，对他说，以后他的名字就叫凌睿。小男孩默不作声地摆弄着玩具。

里屋，王家女人得意地教训王老汉："幸好老张有门路，帮我们找到了一个差不多的小孩，要是那个女人知道凌睿丢了，咱们的钱就打水漂了。"王老汉唯唯诺诺地点头。

一年后，一个穿着精致的女人款款走入王家，她戴着墨镜，围着丝巾，十分神秘的样子。王老汉和他的女人殷勤地接待了她。

凌睿被叫到了屋里。他站在一旁，好奇地看着穿着时尚的陌生人。女人取下墨镜，正是柳如烟。她朝小男孩招招手。王家女人一把将凌睿推了过去。

女人掐了掐小男孩的脸，又用力地拍了两下，冷笑一声，吐出一句话："小畜生，长得还不错。"

王老汉惊疑不定地看着，不敢吭声。

片刻，女人从手包里拿出两捆钱，丢给王老汉，随口说了一句"看好他，日后我再来"，然后扬长而去。

王家女人拿着那两摞钱，沾着口水贪婪地点着，对凌睿说："小畜生，还不赶紧滚出去干活。"

冬日的寒风呼啸而过，清冷的空气中弥漫着萧瑟和压抑，只有一个小小的身影伫立在一片苍茫中，渺茫无助……

· IS YOU GIVE ME ·
· THE BEAUTIFUL BUBBLES ·

是缘分,是巧合
又或是冥冥中的宿命

· IS YOU GIVE ME ·
· THE BEAUTIFUL BUBBLES ·